www.tredition.de
en cooperación con
www.ediciones-en-auge.eu

AF217276

ediciones
en auge

auge Verlag
malabo, madrid & wien

Gonzalo Abaha Nguema Mikue

Las ratas también se enamoran

www.tredition.de
www.ediciones-en-auge.eu

© 2021 Gonzalo Abaha Nguema Mikue

Verlag und Druck:
tredition GmbH, Halenreie 40-44, 22359 Hamburg

ISBN
Paperback: 978-3-347-42318-3
Hardcover: 978-3-347-42319-0
e-Book: 978-3-347-42320-6

PRÓLOGO

por Alfredo Pazmiño Huapaya

Es cierto que muchas de las grandes obras literarias en la historia no se caracterizan por el acierto en sus títulos. Sin perjuicio de su contenido, uno de los grandes aciertos de la obra que prologamos es, precisamente, su título, "Las ratas también se enamoran". Un buen título porque refleja con total acierto su contenido. Las mujeres en la cultura de la protagonista —y en otras muchas, podríamos añadir—, *"son como, niñas, unas ratas, no escuchan nunca".* A partir de la condición de "rata", Minerva, la protagonista en primera persona de esta historia, asume su condición para superarla como ser humano que lucha por la libertad.

De una primera lectura se podría catalogar la obra de Gonzalo A. Nguema dentro del género de la literatura erótica. Probablemente para el lector que se quede en una primera y superficial lectura, tan solo estemos ante un relato erótico. Sin embargo, esta narración va más allá. Todo el sexo explícito y detallado contribuye a que conozcamos el proceso de liberación de Minerva, quien al mismo tiempo se niega a ser rata, no solo en su devenir diario, sino también en sus relaciones sentimentales, manteniendo siempre como proclama vital que las ratas también se enamoran. Efectivamente, en una sociedad patriarcal que desprecia a la mujer y no admite que sea sujeto activo, tampoco se admite en ella su capacidad de amar, de elegir y de enamorarse. Nuestra protagonista, orgullosa de su raza, de su cuerpo y de su familia, mantiene un constante combate por superar los escollos que la cultura y las costumbres sociales tratan de imponerle.

Iremos descubriendo a lo largo de la narración la iniciación de Minerva a la sexualidad, que comienza con el sexo forzado y la prostitución impuesta. Sin embargo, estas rémoras, no son obstáculo para que un ser libre, como quiere ser Minerva aproveche estas circunstancias para crecer personalmente. No se trata de una apología del trabajo sexual no ejercido libremente. Pero sometida o forzada a estas prácticas, goza de la inteligencia natural que le permite extraer siempre, dentro de lo malo, aquellos aspectos que le permitan crecer como ser humano independiente.

Minerva es una persona sencilla, que no simple. Cree en el amor y en su derecho a enamorarse, pero separándose de la tradición del "amor romántico". Nuestra protagonista no quiere asumir el rol de mujer abnegada, dispuesta a sacrificar por amor su propio yo, en razón de otra persona. En ese sentido, su discurso es plenamente feminista, ya que el enamoramiento y el amor no pueden suponer la entrega unilateral de una parte. Y por eso en su aprendizaje sentimental desarrolla un sexo placentero con pocos límites. Además, no duda, en asumir los roles más activos en la relación sexual, algo auténticamente revolucionario en su cultura.

Minerva vive con plenitud su sexualidad, sin poner cortapisas, experimentado sin tapujos. Una actitud que, necesariamente, se traduce en sus relaciones familiares, lastradas por una cultura patriarcal y machista, donde la mujer es una rata que no oye, no entiende y que, finalmente, no se enamora. Minerva no lo ha aceptado y luchará por demostrar la falsedad de ese viejo aserto.

Se ha destacar, finalmente, que este libro protagonizado en primera persona por una mujer, está escrito por un hombre. Tarea difícil, compleja y arriesgada. Grandes novelas en la historia de la literatura universal reúnen esta condición. Sin ir más lejos, como paradigma, la "Madame Bovary" de Flaubert. Gonzalo Nguema asume el reto y serán las lectoras quienes puedan determinar si ha acertado en comprender y expresar los sentimientos y las acciones más íntimas de una mujer.

Las ratas también se enamoran

Gonzalo ABAHA NGUEMA MIKUE

I.

En casa todo son problemas, uno tras otro, sobre todo cuando eres una niña fang, de las que se espera que aporten riqueza para su familia, que sean obedientes y nada respondonas, que se entreguen en cuerpo y alma a luchar por el bien de la familia. Todo es un lío, cuando tu madre es una solterona que no tiene ni idea de las letras del abecedario, cuando cada cosa que haces o dices lo deciden por ti otras personas, peor aún, cuando perteneces a una familia en la que el hogar queda en manos de mujeres que solo saben dar de comer y nada más, mujeres que solo quieren ver en la puerta a algún apuesto hombre con algo en las manos, algo que puedan llevarse a la boca. Todo es un lío también con los hermanos, que no te permiten hablar, ni siquiera sentarte con ellos, solo por ser una niña. No admiten excusas, siguen las estrictas normas de su cultura y conocen muy bien tanto la posición del hombre dentro de la casa como la subordinación de las niñas en el hogar. De ahí el dicho "las mujeres son como niñas, unas ratas, no escuchan nunca".

Me llamo Minerva, soy la primera hija de mi madre, estoy encantada de haber cumplido diecisiete años, estoy en el tercer curso de primaria, llevo más de tres años en el mismo curso. Soy rellenita y bella, estoy orgullosa de mi color, de mi existencia, de la familia que Dios y los ancestros me han dado y amo demasiado mi vida.

Aunque no sabía que en la vida podía existir una deuda interminable, una deuda que jamás se salda. Estoy harta de pagar deudas, deudas que no reconozco, ninguna, y mi conciencia no me condena por ello.

Mi tía siempre me dice que estoy en deuda con ella, que si existo es por ella, y que lo mejor que puedo hacer en la vida es devolverle todos estos favores que ha venido haciendo por mí, empezar a aportar algo a la familia y a la casa. Me dice siempre que soy cabezona, que me parezco a una rata, dispuesta a hacer lo que no es adecuado, que seré peor que una perra de las que vagan por las calles sin dueño, una cualquiera que no entiende lo importante que es el periodo de la adolescencia y me repite constantemente que debo beneficiarme de mi cuerpo como lo hizo ella cuando tenía mis años. Insiste en que debo aprovechar para ayudar a la familia y cuidar de mis hermanas menores y de mis hermanos.

Todo se lo debo a ella, porque existo gracias a ella. Siempre me lo está recordando: cuando mi madre se quedó embarazada, en casa todos se pusieron furiosos porque no se conocía al padre. En aquellos tiempos ellas no tenían ya sea dinero que formación. Vivían en una pobreza tremenda después de la muerte de mis abuelos. La familia había quedado en manos de los hermanos mayores, que contrajeron matrimonio con mujeres de otras tribus. Todo era un infierno en casa. Las esposas de mis tíos y mis tías siempre estaban enzarzadas en discusiones. Parecía que iba a estallar una bomba atómica cuando todas estaban realizando tareas dentro de la cocina a la vez. Las esposas de mis tíos no querían que estuviésemos en el hogar familiar porque la tradición decía que las verdaderas propietarias eran ellas junto con sus hijos y que las hermanas de mis tíos eran unas impostoras que debían buscar su hogar en casa de sus amantes o de sus futuros esposos. Los hermanos mayores se quedaron con la herencia de la familia, con las fincas y las casas, igual que con los terrenos de nuestros bisabuelos. Mis tíos, que conocían bien la tradición, sabían perfectamente que las mujeres no tenían derecho a heredar. Y la verdad es que no hacían más que escuchar las plegarias de sus esposas: las que pedían que nos echaran.

En el patio familiar, las peleas eran el pan nuestro de cada día. Las esposas de mis tíos no querían que mis tías tuviesen parcelas en el bosque. Dedicaban sus energías a injuriarnos, eran maestras de la palabra y del *congosa,* no dejaban pasar por la calle a ninguna mosca. Así se comportaban todos los días en el patio. Cuando la situación se calentaba mis tíos incluso se lanzaban a golpear a sus hermanas en defensa de sus esposas y, como estaban furiosos por la inutilidad de sus hermanas, esperaban que ellas encontraran esposo para así disfrutar la dote. El estancamiento de la situación y la carga que resultaban, a la que había que sumar una gran cantidad de hijos, aumentaba la ira de los hermanos. De hecho, cada vez que había una discusión familiar, estos sacaban a la calle todas las prendas de sus hermanas y las exigían que se buscasen marido y que abandonasen el recinto familiar.

Me acostumbré a la situación y no dejé que esas contiendas me afectaran, pero cuando los hermanos tuvieron que irse con sus esposas porque habían encontrado trabajo en una de las empresas madereras del país, la casa quedó en manos de mujeres solteras, cargadas de hijos huérfanos de padre.

Con mi tía tengo una deuda desde mi nacimiento, como he dicho antes, porque ella afirma que cuando mi madre me trajo al mundo, tenía diecisiete años y ella solo quince. Incapaz de hacer frente a la gran desgracia que supuso la muerte de mis abuelos y a la gran dificultad que presentaba el embarazo, mi padre, que tenía veintisiete años en aquel momento, se desentendió y dejó a mi madre a merced de la soledad. Para ella fue una situación muy difícil. Sus hermanas mayores no tenían la posibilidad de alimentar más bocas en la casa. De hecho, mi madre nunca tuvo la oportunidad de seguir los tratamientos que se recomendaban a las embarazadas. En el poblado, en cada lugar por el que pasaba se convertía en el hazmerreír de las demás mujeres porque iba a ser una madre que no tenía marido, algo que representaba una gran vergüenza para su familia. Muchas veces, mi madre se enfrentó con quienes la difamaban con sus comentarios.

En la casa familiar, ella no hablaba con nadie, estaba muy preocupada y no sabía qué hacer con el embarazo después de que mi padre se desentendiera de ella. Se echaba a llorar en cualquier lugar, en los caminos a las fincas, en el río, en su habitación y en todas partes donde le venía a la mente el gran problema que tenía entre manos. En uno de esos momentos empezó a buscar maneras de abortar pero por falta de dinero no pudo hacerlo. Entretanto, la familia estaba preocupada porque una boca más estaba a punto de venir al mundo, algo que iba a ser una carga para todos y, sobre todo, para las hermanas mayores, que pasaban el día en las fincas buscando la manera de alimentar a los más de once niños que había en casa. Según mi tía, mi madre estuvo deprimida casi todo el tiempo que duró su embarazo. Compartía cuarto con ella y vivía de cerca toda esa pena. Como no podía soportarlo, la animó a tener al bebe y la pidió que se calmara, le dijo que las dos iban a ser las madres y que iba hacer todo lo posible para ayudarla. Según ella, la estuvo consolando con palabras durante toda una noche hasta que la convenció de que todo lo que le decía se iba a cumplir.

Después del parto no había muchas cosas para cuidar al bebé, unos polvos de quinientos francos y algunas ropas usadas de los niños de las hermanas mayores, que ellas conservaban con mucho cuidado porque la habían usado todos los niños que habían tenido y los que habían de venir. Para mi tía menor aquello fue algo deprimente y vergonzoso, porque en nuestra cultura se considera que la hija de una soltera (*muananguan*) tiene que recibir prendas y accesorios para bebé. Lo que es aún más importante, el padre de la criatura debía montar una fiesta para mostrar agradecimiento por haber tenido a su hijo o hija. Según mi tía, después de que vine al mundo todos estuvieron contentos, menos los hermanos mayores. Cuando les llegó la noticia, lo primero que estos dijeron fue que sería una puta (*endedehe*), una más para la colección de solteronas.

Mis primeros momentos no fueron fáciles. Rechazaba la leche materna y estuve casi tres días sin comer. Eso obligó a mi tía, a pesar de su temprana edad, a meterse con hombres, solo para buscarme la leche. Me contó que perdió la virginidad con un señor blanco que trabajaba en una de las empresas madereras del país, llamada SIMMER, que le sacaba el doble de edad. El blanco, decía, la venía pretendiendo hacía tiempo, pero ella se había negado a acceder a sus demandas. Más tarde lo hizo porque yo necesitaba leche para sobrevivir. Ella estuvo con aquel señor durante mucho tiempo, a cambio de dinero y pañales, por amor a su hermana y a la promesa que le había hecho.

Esa fue la primera vez que tuvo unos cincuenta mil juntos en las manos. Un tiempo después, salió del pueblo y se fue a vivir con el blanco. La empresa de madera tenía un patio cerca donde vivía todo el personal.

Fue ella quien me compró los pañales y la leche para que me nutriera. De esta forma fui la primera de la familia en llevar pañales y mamar una leche que no era la materna. Durante toda mi niñez fue ella la que me mantuvo pues era la que me daba de comer, pero tuvo que vender su culo, su vagina, sus labios y su cuerpo para conseguir dinero, y tuvo que estar con aquellos con los que no quería.

Por esa razón no pudo seguir con los estudios de primaria en el poblado. Cada vez que iba a clase, los demás estudiantes la llamaban BB (*busca blancos*), igual que los profesores. Ante ese problema decidió dejar los estudios, saliendo del poblado para vivir con su novio blanco en el patio de SIMMER. En su nueva casa, los primeros meses fueron los mejores porque todo iba sobre ruedas y mi tía no tenía otras tareas aparte de lavar, comer y dormir todo el santo día. Después de los trabajos matutinos se echaba a dormir y comía manjares que hasta entonces no había probado nunca como manzanas, caramelos, galletas, uvas, etc. Cada vez que volvía al poblado llevaba para sus hermanas jabones, arroz y una caja de detergente. Eso se lo agradecían mucho y por eso la tenían más respeto, de forma que todo lo que ella decía por entonces iba a misa.

Después de que llevara más de un año con esa vida, las cosas cambiaron. El blanco volvió a su país de origen y la dejó sola con unos doscientos mil para que se quedase esperándole, pero la realidad fue otra, porque se iba para no volver. Mi tía se tuvo que ir del patio y regresar al pueblo. Lo peor para ella fue que ya se había acostumbrado a aquella vida, tanto que incluso había empezado a conquistar a otros miembros del personal blanco que seguían en el lugar. Tuvo algo de suerte y acabó saliendo con uno de los hermanos de su primer novio. Ella decía que este la amaba demasiado y hacía todo lo que ella quería. En la familia,mi tía se convirtió en hombre, porque era ella quien traía los jabones para lavar, el arroz, el dinero para poder ir al puesto de salud, el chicharro y hasta alas de gallinas. Por esa razón se convirtió en la voz cantante de la casa en ausencia de los hermanos varones hasta que pasado un tiempo decidió irse a Gabón en busca de un buen marido, abandonando al blanco que era su nuevo novio después de robarle unos trescientos mil. El blanco no volvió a saber nada de ella desde que se fue a Gabón.

II.

Se lo debo todo a mi tía. Gracias a ella existo, gracias a ella me he convertido en la mujer que nadie podía soñar que iba a ser. Después de su partida a Gabón, pasaron años sin que nadie de la familia conociese el lugar en el que se encontraba mi tía, hasta que un día llegó una carta suya. Nos pusimos muy contentos porque nos devolvía la esperanza de que estuviera bien. Sus hermanas no pudieron leer aquella carta, ya que ninguna tenía formación ni siquiera para leer y las únicas personas en casa que podían hacerlo eran mis primos. La carta enviada por mi tía se leyó en voz alta en horas de la tarde, cuando todo el mundo había regresado de la finca y estaba ya en la casa, con excepción de los hermanos de mis tías que aún seguían en sus viajes. Ellos solo venían de vez en cuando ya que disfrutaban de poco tiempo de descanso.

La carta empezaba con un saludo a todos, seguía con el resumen de su vida después de llegar a Gabón, señalaba lo bien que estaba y al final pedía que me enviaran con ella a continuar con los estudios. Aquello me dio mucha alegría porque por fin iba a viajar, por fin dejaría el pueblo. Con la carta venía adjunto un dinero que serviría para los gastos de transporte.

Mi tía encomendó a unas de las mujeres del pueblo a que me llevase a Gabón. Se trataba de una de las comerciantes del pueblo más populares. En un primer momento, mis tías no estuvieron de acuerdo con la idea de que me fuera. Ellas preferían que si alguien se debía ir, fuese mayor de edad para que pudiera ir a trabajar y así mandar el dinero para poder mantener a la numerosa familia. Ese asunto fue motivo de discusión durante unos días. Con excepción de mi madre, mi familia toda la familia se oponía a que me fuera. Después de una semana, la mujer del poblado con la que debía partir vino a casa a decir a mi madre que me preparase, y que guardase bien el dinero porque nos íbamos al día siguiente. Mi madre preparó las maletas y en la madrugada me recomendó que me portara bien y que fuera obediente y una buena niña. Partimos a las tres de la madrugada. Pese a las discusiones, toda la familia se despidió de mí y me bendijeron para que todo me fuera bien. Así fue como me fui a Gabón con aquella señora.

En el camino me ordenó que no dijera en ningún momento que ella era mi tía del poblado, sino que dijera siempre que era mi madre, porque de lo contrario los policías encargados de la frontera no nos iban a dejar pasar. Al principio todo iba bien, pasábamos las barreras sin ningún problema hasta que después de cruzar la frontera para Gabón, nos topamos con una barrera más. En ella, estaba el comisario jefe, que nos paró cuando confirmó que yo no tenía papeles. Le dijo a mi tía que no nos dejaba pasar porque no tenía documentación. Mi tía le suplicó varias veces, pero él, muy terco, no la escuchó. Estuvimos así hasta el atardecer.

Después de mucho insistir, mi tía y él llegaron a un acuerdo por el que aquel hombre le propuso a mi tía acostarse conmigo para dejarme seguir el viaje. Al principio no entendía de qué estaban hablando. Solo veía que el hombre, con una cara muy seria, parecía no estar dispuesto a ceder nada, pero poco a poco se le empezó a notar sonriente dando la impresión de que todo estaba bien. Después de hablar con él, mi tía se acercó a mí y me dijo que íbamos a tomar un pequeño descanso en aquel lugar para que pudiéramos llegar a Gabón con las fuerzas repuestas. Yo no podía llevarle la contraria, pues ella lo controlaba todo y yo debía acatar las normas y decisiones que le pareciesen bien. Más tarde, el comisario nos llevó a un bar cercano y cada vez que hablaba con mi tía me echaba un piropo y me tocaba. Aquello no me gustaba, pero no me atrevía a decir nada porque me habían enseñado que es de buena educación permitir que los mayores hagan contigo lo que les parezca bien.

Lo más curioso fue a la hora de dormir, cuando el comisario nos fue a mostrar los lugares donde íbamos a pasar la noche. Nos llevó en una casa con tres habitaciones, un comedor y una cocina. Nos mostró las habitaciones y dijo que eligiésemos la que nos gustaba. Mi tía escogió una y yo creía que iba a dormir con ella, pero cuando quise entrar en el cuarto me dijo que como yo ya menstruaba y era mujer, debía elegir una habitación aparte porque en la cultura fang dos mujeres no compartían cuarto. Aquello me sonó a mentira, porque yo conocía bien las costumbres de las mujeres fang. La decisión no me gustó, no quería dormir sola en una casa ajena, pero hice lo que ella me dijo. Al poco me quedé profundamente dormida hasta que empecé a notar que alguien me quería quitar la minifalda. Al despertar, vi el rostro del comisario jefe, que me chistó para que guardara silencio. En este preciso instante empecé a gritar y le golpeé, luego salí fuera y fui corriendo hasta llegar al cuarto de mi tía. Creía que ella no sabía lo que estaba sucediendo, hasta que cuando llegué a su cuarto para explicárselo me contestó que no la despertara más por tonterías, que ya era mujer y ya iba siendo hora de que estuviera con un hombre. Esa respuesta me dejó un poco confusa, yo sabía que aquello no era normal, pero me quedé cortada, sin saber qué hacer.

Al cabo de unos minutos asomó el comisario por el cuarto de mi tía, diciéndola que si ella no cumplía su parte, debíamos abandonar su hogar y hacernos la idea de que no cruzaríamos la barrera. Al escuchar esas palabras, mi tía le calmó diciéndole que iba a encontrar una solución, que se fuera a esperar al cuarto, que ella lo iba a arreglar todo. Cuando desapareció, mi tía empezó a chillarme diciendo que yo resultaba ser carga para ella, que todo aquello no hubiera pasado si hubiera cruzado sola la frontera y que se lo debía, porque me estaba haciendo un gran favor. Era necesario que me acostase con aquel hombre porque si no lo hacía iba a regresar al poblado sola. Después del gran sermón, no tuve más elección que ir encontrarme con aquel señor en su cuarto. Cuando entré le encontré totalmente desnudo, tumbado en la cama, con una panza enorme. Su cara daba la impresión de haber visto cuarenta tiempos. Estaba muy incómoda. En ese momento no sabía aún qué era hacer el amor o tener relaciones sexuales, pero lo que sí sabía era que uno debía tener relaciones sexuales con aquella persona a la que ama.

Me puse a temblar, me sentía incomodísima, maldiciendo el día que accedí a viajar. Al cabo de unos pocos minutos me mandó quitarme la ropa para que me quedase desnuda frente a él. Después de obedecerle, me mandó que me acercara a él, me agarro los brazos acercándome a él, me tumbó en la cama, me abrió las piernas y empezó a tocarme la vagina con sus dedos muy gordos, muy suavemente. Aquello era malo, pero empecé a sentir una sensación muy agradable. Durante un rato él siguió masajeando mi vagina hasta que comenzó a meter los dedos. Cuando esto empezaba a ser doloroso me mandó darme la vuelta para mostrarle mi trasero. Al principio pensé que iba a hacer lo mismo que hacía con los dedos, pero nada más darme la vuelta sentí como su mano pasaba por mi vagina dejando un rastro de poquito de humedad. Creo que puso un poco de saliva. Cuando retiró la mano, sentí como si me estaban introduciendo un palo suave en la vagina. Fue muy doloroso, empecé a sangrar, gemía fuerte pero cuanto más alto gemía con más fuerza chocaba él conmigo hasta que finalmente me dejó. Se quedó muy cansado y yo suspiré aliviada porque estaba muy aturdida. Cuando me mandó salir de su cuarto, lo único que me dijo fue: "putita de mierda".

Al amanecer ni siquiera tuve el valor de mirar a aquel comisario de frente, porque sentía mucha vergüenza y al recordar lo sucedido tenía también miedo. Al menos pudimos seguir y yo ya había saldado con mi cuerpo la deuda que tenía mi tía. No tardamos en llegar a la ciudad de Libreville. Una vez allí, mi tía llamó a otra tía mía, Lupe, para que me viniera a recogernos. Era la primera vez que yo veía a tanta gente en un mismo lugar, lleno de coches y mercancías de todo tipo. Había mucho bullicio. Al cabo de media hora llegó la tía Lupe, que se puso muy contenta de volver a verme. Lo primero que hizo fue llevarme al mercado para que comprásemos ropas nuevas ya que las mías me daban un aire de pueblerina. Fuimos a un mercado muy grande, me compró varias prendas, diademas y un par de zapatillas en las que se encendía una lucecita cada vez que ponía el pie en el suelo al caminar.Fue mi compra favorita. Luego nos fuimos a casa donde vivía Lupe, en Lala à droite, un barrio lleno de extranjeros en el que no vivían muchos gaboneses.

Al llegar a la casa, mi tía Lupe me mandó ducharme. La casa era preciosa, con dos habitaciones, comedor, cocina y un baño fuera. Imaginé que podía llegar a ser feliz en aquel lugar y empecé a sentirme encantada de haber salido de mi pueblo. Al finalizar la ducha, me dio unos quinientos francos para que fuese a comprar una Coca Cola. Me acerqué a un puesto de unos nigerianos que vendían el refresco cerca de la casa. Nada más tocarla me dio una sensación muy rara en las manos y estuve todo el camino de vuelta cambiándola de una mano a otra. Cuando mi tía se dio cuenta se rio y me explicó que lo que ocurría era que la Coca Cola estaba fría y que debería empezar a acostumbrarme. Cuando empecé a tomar el refresco me vino la idea de contar a mi tía Lupe lo que me había sucedido con el comisario, pero me contuve y preferí guardar silencio porque me daba vergüenza y tenía miedo de que no me creyera.

Al caer la tarde llegó el novio de mi tía en casa y me saludó en francés. No le entendí nada. Después, ellos dos se metieron en el cuarto y pasaron un buen tiempo encerrados. Cuando salieron, iban con cara muy alegre. El hombre se sentó en el comedor y empezó a ver la tele mientras mi tía terminó de preparar la mesa y nos llamó a comer. Todo iba bien hasta este entonces.

III.

Esa sensación se lo debía a mi tía, la que me llevó a vivir en el barrio de Lalala à droit donde todo el mundo era encantador. Se podía ver que era una comunidad solidaria con los extranjeros. Me encantaba el barrio porque era fácil distinguir a muchos que procedían de otros países. Lo que me resultó dificultoso al principio fue el idioma. Durante los primeros meses no llegué a dominarlo. Me pasé ese año en casa sin poder ir a clase, estaba siempre viendo la tele cuando mi tía estaba fuera, aunque también me ocupaba de las tareas domésticas, menos cocinar que lo hacía fatal. Una mañana, cuando salía de casa camino de la abacería nigeriana, me encontré en el camino con mi tía del pueblo. No la saludé porque nada más verla se me vino a la memoria lo que ella me había incitado a hacer. Ella siguió hacia su casa y yo seguí con mi camino a la abacería. En esa época ya chapurreaba el francés. Al entrar en la abacería me topé con un chico muy hermoso que se llamaba Paul. Me miraba fijamente, sonriendo. Parecía que quería saludarme, pero no se atrevió a hacerlo porque a mí se me quedó una cara como de haber visto al demonio. Después de la compra, al salir de la abacería, me siguió hasta que me alcanzó y me preguntó por mi nombre. Le respondí, pero no quise parar y él continuó haciendo preguntas hasta que me cansé de hablar y le pedí que me dejara porque no tenía tiempo para responder a tantas preguntas.

Nada más llegar a casa me topé con mi tía Lupe y la del pueblo, juntas, tomando *Régab*, una de las cervezas más famosas de Gabón. Entré y deposité lo que había ido a comprar y salí fuera, porque no soportaba estar cerca de la tía del pueblo. Bueno, y también me fui porque quería espacio para poder pensar sobre Paul.

Al día siguiente, cuando estaba saliendo del baño, Paul apareció en la puerta de mi casa y antes que tocara la puerta le vi y salí corriendo a preguntarle qué quería, porque iba a haber un problema que mi tía le veía. Paul se hizo como el sordo, no me escuchó y entró en la casa hasta donde estaba mi tía, que le dio unos veinte mil: Yo no entendí aquello, pero tampoco pregunté. Después de haber cogido los dineros, él salió fuera y me saludó haciendo una seña con la mano: No le devolví el saludo y me quedé un poco inquieta tratando de entender qué buscaba Paul en mi casa. Al entrar de nuevo, mi tía se despidió de mí y salió, dejándome los alimentos lo que necesitaba para el desayuno.

Nada más irse mi tía, apareció de repente su novio. Era un hombre era alto, claro y guapo. Al entrar en la casa preguntó por mi tía y le dije que ella había salido, pero él se quedó a esperar. A mí, con las ganas que tenía de querer saber qué hacía Paul en casa, se me había olvidado vestirme. Entré a la cocina para hacerme el desayuno, lo preparé, llevé las cosas al comedor y me senté a desayunar. El novio de mi tía también estaba viento la tele, pero su silla estaba frente a la mía. Viendo la tele se me olvidó cerrar las piernas y no me acordé de que no llevaba ni braga. Al principio no toné que me estaba observando hasta que se quedó mirándome fijamente con lujuria, entre las piernas. Al darme cuenta, pensé al principio en cerrar las piernas, pero algo dentro de mí me pedía que las abriera más y más y así lo hice hasta que se me desanudó la toalla. Al principio, el novio de mi tía se contuvo, pero yo empecé a pasar mis dedos suavemente por la vagina. Aquello me gustaba cada vez más y empecé a mirarle fijamente con ojos de pasión hasta que empecé a notar que su pantalón se hinchaba cada vez más. Seguí haciendo ese movimiento hasta que se levantó y cerró todas las puertas. Me agarro dándome la vuelta frente al sillón, cogió la toalla y me la puso en la boca sujetándola por detrás de mi cabeza. Bajó la cremallera de su pantalón y sacó un enorme miembro. Sujetaba con una mano la toalla y con la otra empezó a golpearme en las nalgas apretándolas; a continuación sentí como su enorme miembro viril atravesaba mi culo hasta la vagina. Sentía cada segundo del lento avance de su miembro. Era enorme. Me fue penetrando más y más. A partir de entonces ya no sentí dolor como la primera vez, sino que más bien me gustó, porque me penetraba cambiando de ritmo.

Según avanzábamos le quería cada vez más dentro de mí. Le pedí que me quitase la toalla, pero me respondió que lo hacía porque no quería que gritase. Le prometí que no me iba a gritar, que ya tenía dieciocho años. Me quitó la toalla y siguió follándome hasta que quitó su enorme miembro de mi vagina y me dio la vuelta. Al hacer esto, pude ver su enorme pene erecto con grandes venas a su alrededor: luego lo puso en mi vagina, pero ahora yo estaba boca arriba y pude ver bien la cara que tenía. Era tan hermoso, que me hubiera gustado que hubiera sido el primer hombre en acostarse conmigo. Cada vez que movía su cadera hacia adelante y hacia atrás, me agarraba los pezones apretándolos. Cuando se cansó me pidió que me montase encima y en este momento tuve la oportunidad de agarrar su enorme pene, me coloqué sobre él, agarré su miembro y lo me iba introduciendo lentamente hasta que entró por completo en mí. Primero me produjo algo de dolor, más tarde me fue gustando, pero en un determinado momento me cansé: Se lo dije y él me dijo que le faltaba un poco, que si podía aguantar más. Acepté y al cabo de unos minutos sacó un líquido de color blanco de su pene y se tumbó en la silla. Me levanté al instante y me fui al baño para ducharme otra vez porque sentía mucho calor. Después me fui a dormir porque estaba muy cansada. Por la tarde, cuando estaba descansando apareció otra vez Paul por casa. Me encontró sentada en la terraza. Se quedó observándome sin hablar y pensé por un instante que sospechaba algo, hasta que me dijo que quería hablar conmigo en privado. Le contesté que me dijera rápido lo que fuera porque no iba a tener tiempo para reuniones privadas, pues mi tía estaba por llegar. Respondió que no había problema, que solo quería decirme lo mucho que me amaba. Le pregunté su edad, me dijo que tenía dieciocho años y que era estudiante. En realidad, se le veía buen chaval, con una piel muy tersa, color de café con leche. No le respondí en este instante, le pedí que me diese más tiempo para que me lo pensara, por lo menos un día. Él se fue y yo entré en casa poco antes de que regresara mi tía, algo cansada. Casi inmediatamente después apareció su novio con a cara de preocupación, temiendo que yo le fuera a contar a la tía lo que había sucedido en la casa. Pasamos los tres el resto de la tarde viendo la tele.

A la mañana siguiente apareció Paul ansioso de escuchar mi respuesta. En realidad, yo ya la tenía, pero me hice la interesante. Nada más llegar me preguntó si le aceptaba o no. Le dije que sí, pero con la condición de que no estuviera con ninguna otra mujer en el barrio. Tardó unos minutos en responder, pero finalmente aceptó mi condición. A partir de este momento, comenzó a tratarme de forma diferente. Cada vez que venía a visitarme me traía chocolatinas, flores o perfumes. Cuando quedábamos para hablar, me miraba fijamente tocándome la mejilla, sonriendo. El trato que me daba me hacía sentirme a gusto a su lado. Muchas veces incluso me leía cartas. Así pasó casi un mes sin tener relaciones sexuales. En el fondo yo ya lo deseaba, pero debía guardar la compostura para que no me tomase por una putita y una mala chica.

Recuerdo una tarde que pasamos muy hermosa, en la que estábamos comentando las cosas más preciosas que nos habían ocurrido, comiendo chocolate y tomando refrescos en uno de los bancos de la plaza, sintiendo un viento suave. Me estaba enamorando de Paul por su forma de ser, por la manera en que se preocupaba por mí, por como me miraba. Todo eso duró un mes. Él venía muchas veces a casa hasta que dejó de preocuparnos cuando le veíamos entrar en la puerta principal. Y así fue como surgió el amor por mi apuesto príncipe oscuro, Paul.

Una tarde, la tía Lupe cayó enferma, tanto que no podía ni levantarse de la cama y así pasaron más de dos semanas. Para colmo de males, antes de caerse enferma había roto con su novio, el claro. Después de ese tiempo, en casa ya no había nada para comer y yo no podía molestar a Paul porque aún era estudiante y no tenía empleo. Estando en esta situación se presentó el casero pidiendo que se le pagase el alquiler. Mi tía le suplicó, pero aquel señor la dio solo dos días para pagarse la casa. En caso contrario, en cuarenta y ocho horas nos desalojaría. Mi tía estuvo mucho tiempo llorando en su cuarto. Luego me llamó, me entregó una agenda llena de nombres y números de gente desconocida para mí a quienes ella debía atender, pero que ahora, por cuestiones de salud, ya no podía.

No lo entendí hasta que me lo explicó detalladamente. Pero, a pesar de la situación, cuando lo comprendí me negué rotundamente. Yo no podía hacer tal cosa, le dije, porque estaba enamorada de otra persona y no tenía edad suficiente para mantener relaciones sexuales. En realidad, lo último era mentira, porque me había follado a su novio y ya era suficientemente mayor para echar unos buenos polvos. Cuando me escuchó, se crispó de una manera violenta y empezó a recordarme todo lo que había hecho por mí. Me dijo que se lo debía, pues ella era la única que se dejaba la piel para buscar alimentos, el dinero del alquiler y los demás gastos. Añadió que ya iba siendo hora de que empezara a colaborar y a devolverla estos favores.

Viendo que no tenía más remedio, cogí la agenda y vi que dentro ponía que tenía una cita a las diez de la noche. Aunque yo no conocía la ciudad, me indicó que eso no era problema y me entregó su móvil, explicándome que aquel señor me iba a llamar nada más llegar yo a la carretera, que sería él quien me iba a recoger y que después de mi misión me volvería a traer a la casa.

A mí todo eso no me gustaba nada, no quería mantener relaciones sexuales con otras personas, y menos a cambio de dinero, antes que con Paul de forma que decidí llamarle y hacer el amor con él. Cuando llegó Paul, no le dejé hablar. Empecé a besarle hasta que me pidió que nos fuéramos a su casa. Allí, una vez dentro de su cuarto, me preguntó si tenía miedo. Le contesté que no, que solo quería que durmiéramos juntos. Trató de empezar a hablar, pero no le dejé. Le agarré la camiseta acercándolo hacía mí y empecé a besarle. Nos desnudamos hasta que nos quedamos tal como vinimos al mundo. Observé que su cuerpo estaba bien definido, con los pectorales y el culo duros, los labios suaves y tiernos. Tenía un pene mejor que los que había visto hasta entonces, lo que me dio miedo porque en cuanto vi su pene pensé que me había mentido al decirme su edad.

Cuando empezamos a tocarnos él no hacía bien las cosas, se portaba como un principiante, se limitaba a estar encima de mí, lo cual resultaba bastante aburrido. Le pedí que me dejara tomar yo el control. Primero se resistió, dijo que no podía hacer eso porque su madre le había enseñado que quien debe tomar el control en la cama es el hombre y no la mujer, porque en caso de que fuese la mujer la que tomase el control en la cama, el hombre acabaría siendo dominado para siempre.

Eso es absurdo, le contesté mirándole fijamente. ¿Con quién estás en la cama, con tu madre o conmigo? Si no estás bien, añadí, que sea tu madre la que te eche un buen polvo. Con este argumento aceptó ser dominado, aunque yo me reía de él por dentro. Le ordené que se tumbase, en esa posición empecé a chuparle el pene, suavemente, hasta que empezó a gemir. Acto seguido me puse encima de él, cogí su pene y empecé a meterlo suavemente dentro de mi vagina, notando como las finas paredes de mi vulva estaban siendo perforadas por su miembro enorme. Me lo estaba metiendo lentamente y cada vez que le miraba a la cara veía cómo sus ojos daban vueltas como alguien que se hubiera quedado borracho. Me miraba y me bajó la cabeza hasta que pudo besarme. Le pregunté en este momento si me amaba. Me dijo que sí. Se lo pregunté otra vez y me respondió de nuevo que sí. Le susurré al oído, al tiempo que le mordía la oreja. Le mandé que me follase lo mejor que pudiera. Entonces noté que estaba pasando el mejor rato de su vida. Cuando me cansé de esa posición, le levanté y le dije que quería que me penetrara como a una perra o como a una rata. Se levantó, comenzó a besarme, me dio la vuelta, puso su mano derecha en mi cadera, sobre la nalga derecha, y con la izquierda me agarró el cuello. Luego con su mano derecha agarró su pene y lo hizo entrar en mi culo lentamente hasta que estuvo todo el miembro dentro. Comenzó lentamente hasta que fue cogiendo ritmo, más y más. Al cabo de unos minutos pegó un gemido fuerte y noté que había acabado. Después, se quedó profundamente dormido no se dio cuenta de mi ausencia hasta el día siguiente.

Después de haber satisfecho mi deseo, me fui a casa a esperar la hora de la cita con el señor de quien me había hablado mi tía. Estando en casa, sonó el teléfono. Al finalizar la llamada, ella me dijo que debía cambiar de ropa, me fui al cuarto y cambié de ropa. Al ver la que había escogido me dijo que no hacía falta que me pusiera en plan monja, que necesitaba un escote. Ella misma escogió algunas prendas de entre sus ropas y nada más me cambié, me sentí como una autentica prostituta, con mayúsculas. Quise protestar, pero ella insistió en que debía vestir así, me entregó su móvil y me dijo que me llamarían.

Al salir de casa, me dijo que no hiciese ninguna pregunta a nadie, que tampoco fuera borde, que solo tenía que hacer lo que se me pedía sin protestar. Me fui a la carretera y paré en la hacer. Al instante sonó el móvil y nada más contestar escuché la voz de un señor, pidiéndome que le indicara la ropa que llevaba puesta. Según lo estaba haciendo apareció un coche lujoso de color negro, se paró y el conductor me pidió que subiera. Lo hice. Dentro solo estaba el hombre que conducía, que no dijo ni una palabra durante el trayecto. Yo estaba incómoda conmigo misma porque según avanzábamos se me venía a la mente la imagen de Paul.

Pasamos un buen tiempo en el coche, con la música puesta. Al cabo de un rato se paró al lado de un gran edificio, muy lujoso, se bajó y me mandó hacer lo mismo. Yo no conocía aquel lugar y era la primera vez que entraba en un sitio igual. Entramos en el edificio y me cogió de la mano, como si fuese su pareja. Siguiendo los consejos de mi tía, no protesté. Cogimos un ascensor que nos llevó hasta el sexto piso, donde entramos en la habitación número cuatro.

Estaba muy inquieta, hasta el punto de que llegué a pensar en la muerte. Dentro del cuarto me hizo un gesto para que me sentara y me volvió a dirigir la palabra, diciéndome que me portase bien y que fuera una buena niña. Estaba que era una de las mejores habitaciones en que había entrado nunca. Estaba muy bien amueblada y no parecía faltar nada. Cuando me quedé sola escuché una voz dentro de la habitación, saludándome, que me asustó mucho. Venía de un señor que apareció de repente como salido de la oscuridad. Era alto, claro y muy atractivo, aunque de una edad avanzada. Me sirvió una bebida, aunque le dije que no me iba el alcohol. Siguió hablándome un rato sin que yo le respondiera y me pidió que me pusiera cómoda acomodara mientras llegaba alguien más. Como yo no quise alcohol, llamó por el móvil y pidió zumos que trajo una señora con un uniforme que los llevaba un carrito y los puso encima de la mesa. El señor se levantó, escogió uno y me lo entregó.

Unos segundos después sonó el timbre del cuarto. Él se levantó y abrió la puerta, por la que apareció un joven muy atractivo y claro que tenía un parecido con a él. Como mi anfitrión notó que yo estaba muy callada porque sentía miedo, se acercó a mí y me dijo que quería que convirtiese a su hijo en un hombre, que me lo follara en aquel mismo lugar, ya que venía padeciendo de una enfermedad. Me explicó lo que quería que le hiciera a su hijo, al que nada más mirarle se veía claramente que no estaba allí por su propia voluntad, sino más bien por obligación. Me sentí aliviada porque yo no quería tener sexo con el hombre mayor, de manera que me relajé cuando vi a su hijo y me acerqué a él. El padre se empeñó al principio en ver cómo su hijo tenía relaciones sexuales, pero a medida que le iba tocando, se notaba que estaba cohibido, con mucha vergüenza, de modo que pedí al padre que saliese fuera porque, si seguía dentro, lo que quería que ocurriese no iba a suceder.

Cuando nos quedamos solos aproveché para hablar con el chico. Se llamaba Francis, tenía unos veinticinco años. Afirmaba que había tenido novias, que todas le habían encantado y muchas de ellas eran muy majas, pero que en un determinado momento, en un bar, había conocido a un chico muy especial, se había enamorado de él y le seguía queriendo.

Una tarde que sus padres se habían ido de casa, llamó a su novio para estar con él y cuando se encontraban en la casa, el padre regresó de forma inesperada porque había olvidado los documentos. Había entrado sin avisar y al caminar por el pasillo había escuchado gemidos. Abrió la puerta y le descubrió montándoselo con el otro chico en su cuarto. Eso le enfureció mucho y le hizo creer que su hijo nunca había tenido novia.

Cuando terminó su historia, le pregunté si había tenido relación sexual con alguna de sus novias y que, si no era así, que me dijera la verdad para que buscásemos una solución. Francis afirmó que había tenido sexo con mujeres, pero que no sabía que también le podían gustar a los hombres hasta llegar al extremo de enamorarse. Pensé que podía ser bisexual y dije que no estaba obligado a acostarse conmigo. Bastaba con que su pene se pusiera en erección para que produjera un poco de semen que usaríamos como muestra para hacer ver al padre que su caso no resultaba ser un problema.

Tras unos minutos pensándoselo. Francis aceptó. Le acerqué a mí, le puse la mano dentro de los pantalones, empecé a masajear y masajear su sexo, pero el pene le seguía flácido. L ver que aquello no funcionaba le dije que por un momento pensase que tenía sexo con su novio y nada más oírlo su pene comenzó a ponerse duro. Empecé a hacerle una mamada mientras le seguía diciendo que pensara en su novio, en cómo le gustaría hacerle el amor en ese momento. Seguimos así hasta que eyaculó. Le insté a que bebiera algo para relajarse y le recomendé que luchase por su amor. Me resultó raro dar consejos iguales a una persona unos cuantos años mayor que yo, pero él sufría y estaba sometido a una presión indeseable. Eso fue lo que me llevó a darle consejos, aunque, a decir verdad, no sabía si eran malos o buenos. Mientras hablaba me quedaba a veces distraída contemplando su cara, tan bella como la de una mujer, y en el fondo sentía envidia de que se enamorara de otro hombre en vez de una buena chica necesitada un buen pene, que también lo tenía. No odio a los maricones pero para mí, un desperdicio de pene era algo lamentable.

Al finalizar, me dio su número de teléfono para que le llamara. Cuando salió entró su padre y le mostré el semen que había vertido. Su cara comenzó a iluminarse. Mandó a su chofer que devolviese a su hijo a casa y cuando nos quedamos solos me dio cien mil francos como paga por el trabajo realizado con su hijo. Cuando yo me disponía a irme, me dijo que esperara, que él también necesitaba un servicio. Me entregó unos cincuenta mil francos más, me mandó quitarme toda la ropa y cuando quedé como había venido al mundo, me ordenó tumbarme boca abajo. En esa posición comenzó a tocarme el ano, metiendo sus dedos en él. Empezó, primero con dos, luego con tres y los untaba con un líquido que cogió de su bolsillo y que también empezó a verter en mi ano. Descubrí que aquello me producía mucho gusto. Después, sin quitarse los pantalones, se bajó la cremallera y empecé a sentir cómo la punta de su pene atravesaba mi ano. En un primer momento me produjo un poco de dolor, pero después que entrara y saliera dos veces, empezó a gustarme. Seguimos así hasta que eyaculó. En ese momento, concluí que a su hijo le gustaban los anos porque lo había heredado del padre.

Al acabar me dio un beso y las gracias por todos los servicios que le había hecho esa noche. Me fui a casa machacada por la tensión de todos esos sucesos. El chofer me volvió a dejar en el mismo punto de la carretera. Mientras caminaba hacía mi casa vi la casa de Paul y me sentí muy sucia por todas las cosas que había hecho aquella noche, todo porque le debo favores a mi tía, favores que en ningún momento le había pedido. Me fui llorando a casa. Al entrar, mi tía ni siquiera se preocupó en mirar mi cara por si estaba bien. Lo primero que me preguntó era si me habían pagado. La entregué todo el dinero. Me dio veinte mil para mí, cogí el dinero y me fui corriendo al cuarto para llorar.

Al día siguiente al amanecer, me fui a comprar panes y tal fue el caso que en la panadería me topé con Francis. Al principio no le quise saludar porque me daba vergüenza, pero él se empeñó en hablar conmigo. Me preguntó si vivía cerca. Le dije que sí, pero que tenía prisa, pero en realidad no tenía prisa, lo que tenía era miedo a que comentase lo que había sucedido en la noche anterior a la gente que se encontraba en aquel lugar. Después de comprar los panes, me invitó a tomar helados con él. Como insistió acepté. Al principio solo me miraba sin decir nada, lo cual me incomodaba. Más tarde, cuando rompió el silencio, me preguntó porqué me prostituía con la edad que tenía. Añadió que lo mejor para mí habría sido estudiar. Le contesté que cuando comenzara el año escolar iba a cursar estudios y que lo que me había dificultado hacerlo antes era el francés, que no entendía bien. Me propuso acompañarme a casa, pero no quise que la conociera. Al terminar, sacó de su bolsillo unos quince mil y me dijo que me los regalaba por los consejos que le había dado durante la noche anterior y que le hubiera gustado conocerme en otras circunstancias con menos tensión.

Al acercarme a casa escuché ruido dentro, abrí la puerta y al entrar en el comedor se oían gritos daca vez más fuertes que salían del cuarto de mi tía. Los que estaban dentro no se dieron cuenta de que yo había entrado pues tenía mi propia llave. Dejé los panes en la cocina y me entró curiosidad por saber quién había y que pasaba. Me fui para el cuarto. Nada más asomarme por la puerta estaba semiabierta, vi como un gran pene entraba en el culo de mi tía y al alzar la vista me di cuenta de que la persona que estaba poniendo cosas en el culo de mi tía era Paul. Me quedé muy impactada por lo que había visto, salí de casa lentamente, sin hacer ruido, y cerré la puerta. Estuve una media hora fuera y cuando finalizaron y mi tía abrió de nuevo la puerta de la calle, entré e hice como si no supiera nada. Paul estaba sentado en una de las sillas del comedor Me saludó con un beso en la mejilla, diciéndome que me había venido a buscar porque era necesario que hablásemos.

Los dos se comportaban con naturalidad, como si no hubiese pasado nada. Incluso me atreví a decir a mi tía que Paul era mi novio y ella ni se inmutó. Lo único que dijo fue que Paul era un buen chaval, que sabía trabajar, aunque más tarde lo interpreté como que Paul ya sabía follar.

A Paul le expliqué que en ese momento no quería hablar con él porque me sentía cansada, y al mismo tiempo que debía trabajar y quedamos en que nos veríamos por la tarde. Me quedé en casa trabajando, después hice el desayuno y me fui a dormir, porque me sentía cansada y mi mente necesitaba asimilar lo que había visto. Dormí hasta tarde. Al despertar bebí un zumo y empecé a mirar la tele. En esto apareció mi tía para comunicarme que tenía que acudir a otra cita. Yo no quería ir, pero ella se enfadó mucho y empezó a reclamarme las cosas que me había comprado durante el tiempo que había estado allí y me recordó que lo que me convenía era respetarla, que había de ser una buena niña con ella, porque se lo debía todo a ella y era necesario que la fuera devolviendo los favores, si no quería ser tan desagradecida como una rata.

Ya que no me encontraba bien en la casa con ella, decidí hacerle caso y salir para que me diera un poco de aire. Cuando llegó la hora, apareció un coche grande de color rojo vino: El chófer me dijo que me diera prisa en subir porque tenía mucha prisa, pues no convenía parar con ese coche mucho tiempo en aquel barrio. Durante el camino no me dirigió la palabra. Cuando quise darme cuenta, ya entraba dentro de un recinto grande, en el que había muchas casas con enormes cantidades de césped y luces en todas partes. El chofer aparcó frente a una de las casas que se encontraban en un extremo. Al bajar, me pidió que esperara. Entró en la casa y me dejó fuera. Me sentí rara, porque pensaba que en cualquier momento podía llegar algún conocido suyo, pero regresó el chofer y me condujo al interior, me llevó directamente a uno de los cuartos y me dijo que me pusiera cómoda. Nada más salir, apareció un señor mayor con una bata de pijama, se sentó con cara de desánimo y me preguntó cómo me llamaba. Al principio yo no tenía ganas de hablar. El hombre me confesó que no necesitaba sexo, que solo quería a alguien que le escuchase. Le vi cara de desesperación, le di mi nombre y me empezó a hablar sobre los problemas que había tenido con su mujer.

Cuando se había ido al trabajo esa mañana, todo parecía estar bien. Su esposa no mostraba síntomas de estar enfadarse por nada. Aunque ya no compartían la misma cama, todo parecía tener posibilidades de arreglarse. Cuando regresó a la casa, nada más entrar, sonó el móvil. Era su mujer ella diciéndole que se marchaba, que empezase a preparar los papeles de divorcio porque ya no iba a poner más los pies en aquel lugar. Y que se fuera olvidando de ella, porque él lo hacía todo mal. A continuación, su mujer le envío la foto de su amante, un joven, menor de edad, que podía haber parido ella misma. Y que, con ese palo, no había vuelto a tener ganas de nada.

Yo era una principiante en ese oficio, no sabía qué decir, no tenía ninguna experiencia sobre el matrimonio y a mi edad no sabía si lo que decía era bueno o malo. Le pregunté si la seguía amando y me respondió que hasta estaba dispuesto a perdonarla.

Algo de lo que me contaba, sin embargo, no me convencía. Insistí en que me contara la verdad del problema. Suspiró y me dijo que su mujer le había dejado porque él ya no respondía en la cama. Me quedé alucinada porque hasta este momento yo no pensaba que aquello fuera un problema. Intenté disimular las ganas que me entraban de reír porque encontraba absurdo abandonar a alguien por sexo, con lo rico que parecía viviendo entre tantas casas y coches. Pero mientras le miraba me pareció que debía tener un micro pene debajo de esa panza enorme. Eso me hizo pensar que el problema podría haber sido que, con esta barriga, el culo de la pobre no podía llegar hasta su pene.

Él siguió hablando, pero lo único que ya quería era que me pagase para que me fuera, porque no entendía los asuntos de los matrimonios y menos de gente mayor. Estuvo hablando casi de tres horas, hasta que le pedí que terminara si no quería otra cosa. Me dio alrededor de ciento cincuenta mil, me regaló una de las botellas de alcohol que tenía en uno de sus armarios y llamó al chofer.

En el camino de vuelta, en un lugar donde había mucha oscuridad, el chofer paró el vehículo y me dijo que necesitaba mis servicios, que mis pechos le excitaban. Me ofreció treinta mil solo por chuparlos. Me quité la ropa dejando al aire los pechos y el conductor empezó a chupármelos hasta que se quedó cansado. Noté que había eyaculado dentro de sus pantalones. Salió del coche y se fue a cambiar detrás del capó. Luego seguimos rumbo a mi casa. Ya estaba más hablador y me preguntó por qué no estaba estudiando, ya que con mi edad no era normal que me prostituyera. Le parecía necesario que fuera a clase y que dejara esa vida que al final acabaría manchándome. No le respondí, pero no era la primera vez que me decían algo parecido. Al llegar a mi barrio, me despidió insistiendo en que volviera a clase. Encontré a mi tía en el comedor esperándome. Lo primero que me preguntó fue por el dinero. No la importaba cómo me sentía con todo eso.

La entregué una parte del dinero y la otra me la guardé a escondidas sin que ella lo supiera. Y para colmo, le había cogido manía por haberse acostado con Paul, el amor de mi vida. Solo de pensarlo me daban ganas de romper algo. Me fui a dormir muy enfadada.

Uno de esos días decidí ir a casa de Paul. Le encontré en su cuarto escuchando la música. Me paré en su puerta y empecé a mirarle fijamente. Cuando se dio cuenta me preguntó por dónde había estado andaba. Le contesté que siempre había estado fuera y que si no me iba a su casa, era porque me sentía mal. Me acerqué y me senté a su lado. Empezó a besarme, le tumbé y me puse encima de él, le pregunté si me amaba, me dijo que sí, le repetí la pregunta y él me dijo que yo sabía muy bien que me amaba. Entonces, le pregunté que buscaba su pene en el culo de mi tía. Se asustó y empezó a buscar excusas, pero le mandé a que se callara y le conté lo que vi el día que les encontré fornicando. Le dije que no lo entendía. ¿Cómo era posible que mi novio acabara en la cama de mi tía? Al principio no quiso hablar, pero luego me explicó que estaba con mi ella porque le daba dinero y le ayudaba, que era su madurita. Me enfadé con él en gran manera y le dije que cesara lo que estaba haciendo y que, por lo menos, si quería algo así que no fuera con nadie de mi familia.

Paul se preocupó porque creía que después de la conversación le iba a dejar, hasta que le aseguré que no le haría porque lo amaba, pero que pasara lo que pasara no se volviera a meter en la cama con mi tía. Saqué un diez mil y se lo di. Me preguntó si ya estaba trabajando, pero le dije que no, que era un regalo que me había hecho mi tía para que me comprase ropa. Al escucharlo, intentó devolvérmelo, pero le aseguré que no me hacía falta, que se lo quedase.

Paul me amaba, pero no podía darme dinero, solo sexo, e incluso era yo quien le enseñaba como hacerlo bien. Estaba preocupada porque no quería compartirle con nadie y, a decir verdad, estaba enamorada de él. La única solución que vi para ayudarnos a los dos estaba la agenda de mi tía, la que me había puesto en las manos porque ella se sentía mal y porque yo debía devolverle los favores que me había hecho. Pasé dos semanas pensando como ayudarle y al final decidí ser una trabajadora del amor, pero tratando de evita que Paul se enterase de lo que estaba haciendo.

Unas semanas más tarde, la gente comenzó a hacer la matrícula para el año escolar. Siguiendo a los consejos que había recibido de alguna gente sobre los estudios, le pedí a mi tía a que me matriculase. Al principio me dijo que lo iba hacer, pero más tarde se le pasó por alto. Insistí varias veces y ella, al ver que no se me olvidaba, me dijo que no valía la pena que fuera a clase, porque era una pérdida de tiempo y de dinero. Además, añadió, las mujeres no han sido predestinadas a estudiar, sino más bien han sido enviadas a la tierra a ser felices al lado de un hombre, por lo que los estudios de las mujeres no tienen gran importancia. Lo que debería hacer era coger la agenda y seguir con las citas, que sí producían dinero. Estuve toda esta semana sin comer porque me sentía mal y estaba muy resentida con ella. Los demás jóvenes comenzaron a ir a clase y yo siempre me quedaba en casa, hasta que un día, una vecina me preguntó por qué no me iba a clase. Me eché a llorar y eso fue suficiente. Me dijo que iba a hablar con mi tía, para ver que se podía hacer, por si era un problema de dinero.

Por la tarde me fui paseando a casa de Paul. No le encontré porque, según me dijo una de sus tías, él estaba en clase. Di media vuelta y regresé a casa.Nada más entrar encontré el comprobante de matrícula y la cartera con dos cuadernos y un bolígrafo. Mi tía me dijo lo siguiente: *"En caso de que no apruebes este año, me devuelves el dinero y no asistes más"*. En realidad, no le di mucha importancia a lo que decía. A la mañana siguiente me duché, me arreglé y fue ella la que me acompañó para mostrarme el centro. Nada más entrar me topé con un señor muy negro, alto, con canas. Me dejó pasar y fue en dirección a mi tía, estuvieron hablando y cuando mi tía se despidió de él, éste le tocó el trasero. Al ver ese gesto no tardé en encajar las piezas, porque me di cuenta que no me había pedido la partida de bautismo o una hoja para poder hacer la matrícula de forma legal. Lo pasé por alto y solo me centré en pensar que ya asistía a clase. Pero aquel centro estaba a una distancia tremenda. Teníamos que caminar para llegar allá porque ningún taxi hacía el recorrido.

El centro se llamaba Escuela de los Hijos de Guinea Ecuatorial *(École d´enfant de la Guinée Equatorial)*. En este momento estaba en cuarto de primaria. Mejor dicho, ella me puso en cuatro de primaria. En la sala éramos alrededor de veinticuatro y solo había un profesor, que era el mismo fundador, era el que impartía todas las materias en todos los cursos y en todos los niveles. Eso me resultaba raro, porque sabía muy bien que en mi poblado cada profesor o profesora tenía su propia aula en la que impartía las clases. Y el colmo fue que había una sola sala, en la que los cursos estaban divididos por hileras.

El máximo curso que impartía el centro era cuarto de primaria, el curso en el que colocaron a mí. No estaba a gusto. El profesor era un viejo verde al que puse el apodo de pantera, por el intenso tono negro de su piel: Cuando él no estaba, en la sala mucho barrullo, pero cuando la pantera entraba por la puerta, todo el mundo se quedaba callado, porque él sabía dar buenos azotes y si uno intentaba saltarse sus normas, terminaba recibiendo unos castigos tan duros que casi no se puede imaginar. Para los chicos era aún peor.

Después de clase, al salir para nuestras casas, nos poníamos en fila para recibir el saludo de despedida.

Empezaba despidiendo a los chicos. Luego salían y se les prohibía que volvieran a entrar. En caso de haber olvidado algo, lo recogían al día siguiente. Luego el maestro empezaba saludando a las niñas pequeñas y cuando llegaba el turno de las que ya tenían pechos, su saludo cambiaba y a cada chica que salía le apretaba los pechos antes de que alcanzara la puerta. Ellas se lo tomaban con mucha tranquilidad. La primera vez yo pensé que iban a protestar al ver que la pantera les tocaba los pechos, pero cuando las vi actuar con tanta normalidad, dejé que me hiciese lo mismo, aunque me quedé con dudas.

De regreso a casa, pregunté a las compañeras sobre este nuevo saludo y me dijeron que no era algo nuevo, que así saludaba a las chicas siempre y que lo mejor para mí sería que me adaptase a la situación, porque si intentaba hacer lo contrario me propinaría un buen castigo que podría llegar a la expulsión. Aquello no me gustaba, pero necesitaba estudiar aunque el lugar no respondiera a las características que esperaba. Para mí, ese centro era un insulto. Creo que la pantera era un ecuatoguineano que se dedicaba a estafar a sus paisanos en tierra extranjera, pero consideré que no era asunto mío destapar aquello.

En el centro me hice amiga de Laura y Beatriz. Laura era de *Kogo* y Beatriz de *Añisok*. Me sentía muy identificada con ellas porque me hacían sentir que estaba en mi pueblo y con ellas podía hablar mi dialecto en clase. Por el camino me sentía bien hasta el momento que llegaba a casa. La luz de la felicidad se iba apagando a medida que me acercaba a mi hogar.

Un día, al llegar al barrio, me paré en la abacería los nigerianos y compré tres refrescos para mí y cada una de mis amigas. Estábamos charlando de las cosas que nos ocurrían y de repente pasó Paul camino de su clase. Fui a su encuentro, le besé y me dijo que le fuese a buscar a las nueve de la noche a su casa. Volví con mis amigas, nos acabamos los refrescos y cada una de nosotras se fue a su casa.

Al llegar a la mía me puse a trabajar y lavé el uniforme. No encontré a mi tía dentro, pero ya que yo tenía llave no me hacía falta. Me puse a trabajar pensando en la hora que habíamos acordado vernos Paul y yo, aunque a decir verdad lo que más tenía en ese momento eran ganas de sexo. Me fui a dormir un rato y al despertarme ya eran las nueve. Fui adonde Paul, saludé a la gente y me dirigí directamente a su cuarto. Estaba esperándome y cuando le vi lo primero que hice fue agarrarle los pantalones. Yo estaba muy agresiva hasta que él me paró y me dijo que me calmara, que no se iba a escapar y que fuera despacio. Me tranquilicé, empecé a besarle lentamente con muchas ganas y cada vez que le besaba metía la mano dentro de su pantalón lentamente hasta tocar su pene, que estaba erecto.

Luego le miré a los ojos y le dije que me gustaba demasiado, sobre todo su pene, porque estaba listo cuando se le quería. Más tarde le dije que él si era un hombre. Se lo repetí dos veces y cada vez que se lo decía le notaba más activo, como si eso le excitara, pues en respuesta me agarraba fuertemente, apretándome el trasero y los pechos.

La cosa iba bien, me quité los pantalones, le pasé la lengua por la punta de su pene y empecé a hacerle una de mis mejores mamadas. Se lo hacía lentamente y agarraba su miembro con mis manos, masajeándole. Cuando terminé me dijo que me tumbara, a continuación puso un poco de chocolate entre mis piernas y empezó a lamerlo hasta que llegó a mi vagina y jugó con ella con la lengua. A mí me encantaba porque notaba que había progresado. Me acariciaba la vagina con la lengua suavemente. Empecé a gemir, aquello fue tan bueno que hasta ahora no he conseguido olvidarlo.

Cuando terminó yo seguía acostada y me preguntó por el estilo con el que quería tener sexo. Le dije que solo siguiera, que me impresionara. Agarró su miembro y empezó a frotarlo contra en mi clítoris, lo cual me excitó bastante. Luego puso su pene dentro de mi vagina, empezó a penetrarme suavemente hasta que fue cogiendo ritmo. Hacía ese movimiento de caderas muy bien y cada vez que me miraba nos besábamos. Quitaba su miembro del interior de mi vagina y me lo ponía en la boca. Yo lo chupaba unos segundos y luego él lo volvía a meter y nos besábamos de nuevo. Más adelante cambió de posición y me puso al estilo perro. Me penetró cada vez más fuerte hasta que eyaculó. Yo estaba muy contenta porque lo hacía tan bien y entendí que se había tomado muy a pecho mis quejas de la vez anterior. Estuvimos en la cama más de cinco horas durmiendo. Él era un dormilón y al final tuve que despertarle. Creo que a partir de este momento me gustó más el sexo. Sobre todo, con él.

Volví a casa con una de las mejores sonrisas de mi vida y fue la primera vez que dormí como una piedra. Todo iba bien tanto con Paul como con la clase. Es verdad que me molestaba que me saludasen apretándome las tetas, pero me acostumbré, incluso se me olvidó lo que el profesor hacía. Una vez, sin embargo, intenté protestar haciendo un gesto. Pocos días después me llamó a su oficina y me amonestó por irresponsable. Solo por ese gesto mío, llamó a mi tía y la comentó que yo estaba armando un alboroto en el centro. No lo supe al principio, me enteré cuando llegué a casa y me encontré a mi tía muy furiosa. Me preguntó fue si quería tener sexo con la pantera. Dije que no, que lo que me molestaba de él era que le gustaba tocar más de la cuenta.

Ella me dijo que no me debía molestar en que me tocara, que más bien debería agradecérselo, porque si asistía a aquel centro era por un favor que me hacía. Entonces, entendí que ella no había pagado ningún duro por la inscripción. A la mañana siguiente, cuando llegué a la escuela me volvió a llamar en la oficina y me dijo que la tía le había dado permiso a que me castigara. Yo esperaba que me iba a dar uno de los castigos normales, como a todo el mundo, y me sorprendí cuando cogió uno de los palos negros que tenía y me mandó bajarme la falda. No podía protestar porque le debía un favor a él y a mi tía. Me quité la falda, me dijo que tenía que portarme bien y ser una buena niña, empezó a tocarme las nalgas y me dijo que merecían unos buenos azotes con un palo de verdad, en vez de los palos de goma que me metían. Me dijo que me castigaba por ser una ratita mala. Yo no entendía nada hasta que empezó a darme unos buenos porrazos en el trasero.Me quedaron huellas en el culo y no podía sentarme bien después de la paliza. Pasé todo ese trimestre sin hablarle a la pantera durante mucho tiempo, al igual que mi tía. Esta me pidió perdón después de aquello, pero no la creí porque se la daba muy bien mentir.

Pasé dos semanas horribles porque me dolía todo el culo. En clase no podía estar sentada durante mucho tiempo y, lo que era peor, tampoco podía tener sexo. Cuando terminé esa temporada de dolor decidí no quejarme más de las cosas que la pantera decía o mandaba hacer.

Un día, después de clase, fui la última en salir porque la pantera me mandó barrer el aula. Mis amigas me dejaron. Cuando finalicé, el profesor vino y se despidió de mí apretándome esta vez las nalgas y las tetas. No me atreví ya a quejarme porque debía ser una buena niña, en vez de una ratita. Salí muy dolida. En el camino de vuelta me topé con unos chicos, eran cinco en total que tenía una pinta rara, les adelanté orando con todo mi corazón para que no me hablasen, pero cuando me coloqué delante de ellos, me pidieron que me parase. Me eché a correr y se lanzaron a perseguirme hasta que me cogieron y me llevaron por la fuerza a una de las casas más viejas de aquel lugar. Me ataron, cogieron mi bolso y empezaron a registrarme. No hallaron gran cosa, solo un diez mil que yo había ahorrado para comprarme unos zapatos. Cogieron todo lo que tenía y empezaron a tomar marihuana. Me mandaron fumar pero me negué.

Cuando terminaron de fumar uno de ellos empezó a decir una y otra vez que tenía ganas de follar, lo repetía hasta que me agarró. En un primer momento resistí, pero entre cuatro me agarraron piernas y manos. El quintó sacó una navaja y me la mostró diciéndome que si yo me resistía iba a hacerme una buena cirugía estética. Dejé de oponer resistencia, sentí que me cortaba la braga con la navaja que llevaba y empezó a penetrarme. Cuando terminó, comenzó el otro y el otro hasta que los cinco pasaron por mi vagina. Me sentía muy mal, quería morir, que me tragase la tierra. Por un momento odié el sexo.

Salí de aquel lugar muy machacada, llorando hasta que llegué a casa. Era muy tarde y nada más llegar mi tía empezó a reñirme. Cuando expliqué lo que me había sucedido me dijo que eran cosas mías, que lo inventaba para que ella no se enfadara por llegar con mucho retraso. A pesar de ver como mi cuerpo estaba hecho polvo, no se inmutó nada.

Después de la ducha, me fui a Paul. Cuando le dije que me habían violado, su reacción me impresionó, porque me preguntó cómo iba vestida. Dijo que las prendas describen lo que uno es, es decir, que si llevaba escote estaba provocando y eso tarde o temprano terminaba en una violación. Me enfadé mucho con él, me puse a llorar porque a pesar del infierno que yo había vivido nadie me creía. Cuando Paul notó que no le estaba mintiendo me cogió del brazo y me dijo que me calmara. Como era, viernes pase la noche en su casa.

IV.

A la mañana siguiente, al regresar a casa había una trifulca en el barrio. Encontré a mi tía discutiendo a gritos con la vecina. Esta decía que no quería que ni mi tía ni yo nos acercáramos a su familia, porque éramos unas prostitutas, unas ratas de mierda.

La vecina se llamaba Antusa, era una cristiana devota que iba a la iglesia todos los domingos, martes, jueves y fiestas de guardar. Pertenecía a uno de estos nuevos movimientos religiosos mesiánicos. Tenía un hijo al cual traba de aislar de los demás jóvenes del barrio Lalala à Droit. No le dejaba salir de casa, porque creía que el diablo podía arrastrarle. Su hijo, Alvin, era muy atractivo e inteligente.

Las dos mujeres pasaron más de una hora discutiendo e insultándose hasta que mi tía se cansó y entró en casa. Me dijo que tuviese cuidado con las vecinas, sobre todo con Antusa, que pasaba el rato hablando mal de otra gente a pesar de ser una cristiana devota. Nunca me había interesado Alvin, ni siquiera conocía su existencia. Pero a pesar de que mi tía me prohibió tener contacto con ellos, me propuse follármelo. Así mostraría a su madre lo putas y ratas que éramos, tanto que hasta podíamos arrastrar a su hijo al infierno. Así que decidí ligármelo para hacer ver a su madre que todos somos iguales. Calculé las horas de salida y regreso de su madre, que no dejaba a su hijo con mucha frecuencia para que no este no fuera presa fácil para el pecado.

Antusa era muy puritana. Se la podía oír horas a las tantas de la madrugada pidiendo a Dios que la salvase de las situaciones difíciles; pidiéndole que castigase a los pecadores que traían la maldad. Era una mujer soltera con un hijo a cuestas que se pasaba el tiempo leyendo la Biblia. Al principio, cuando llegué a vivir a ese barrio, ella me caía bien, aunque no cruzábamos palabra. Pero cuando nos llamó putas y ratas a mí y a mi tía, sentí que la debía castigar por ese gran pecado, que debía tomar la justicia divina por mis propias manos y corregirla esta lengua que no hacía más que blasfemar y decir cosas contra de los demás. Busqué su punto débil y ese punto era su hijo Alvin.

Una mañana poco después cundo estaba cogiendo agua para casa, encontré a Alvin en el grifo con un cubo, sin hablar con nadie. Le saludé y le pregunté por su madre. Respondió que todo estaba bien, cogió agua y se fue a su casa. Esa misma tarde le vi caminar de paso a la abacería nigeriana. Decidí seguirle y me quedé esperándole a mitad del camino. Cuando regresó le volví a saludar lo que le resultó muy raro, pues se extrañaba de que le hablase. Me pidió que dejase de saludarle porque su madre no estaba en de acuerdo en que hablásemos. Como sabía que esa mujer le tenía controlado y mimado, le dejé ir. Durante varias semanas me esquivó y trato de evitar que nos cruzásemos por el camino, lo que resultaba decepcionante y me hacía perder la esperanza de llevar a cabo mi plan de castigo.

Por la noche me fui a casa de Paul. Cuando íbamos a dormir le dije que Antusa nos había llamado putas y ratas a mí y a mi tía, lo que me sentaba mal. Paul me preguntó si había planeado algo para devolver la ofensa. Yo callé, pero fue él mismo quien me dijo que esa mujer a quien más amaba era a su hijo y a ese se le debía echar un buen polvo para su madre supiera que su hijo era igual que todos. Le pregunté que quién haría eso. Me sugirió que lo hiciese yo. Eso me pareció raro y le pregunté si realmente me amaba. Contestó que sí, mirándome a la cara, que me amaba y siempre lo haría pasase lo que pasase.

Me lo tomé como un sí, pero no sabía cómo entrarle porque Alvin no salía con frecuencia y su madre estaba con él la mayor parte del tiempo. Paul me dijo que si quería acercarme a él debía empezar hablándole sobre Dios y lo buena que era su madre, que eso le haría caer. Al día siguiente, desde mi casa, vi a su madre muy cargada con varias bolsas de mercado y noté que necesitaba ayuda. Esa era mi oportunidad para tener acceso a su hogar. Fui corriendo a su encuentro, la saludé y le pedí que me dejara ayudarla porque la veía muy cargada. Me miró un poco raro, pero como no podía con toda la carga me dio algunas bolsas. Camino de su casa la dije que quería acercarme a la iglesia, pero que necesitaba era alguien que me animara, ya que quería dejar mi vida de pecado y de puta. Me miró satisfecha y me dijo que esa era la mejor decisión que había tomado en mi vida.

Llegamos a su casa, descargué las bolsas y la ayudé a poner el contenido dentro del frigorífico. Mientras lo hacía, ella comenzó predicarme. No entendía nada de lo que me decía porque mi mente estaba en otra parte. Cuando me despedí de ella, intentó darme algo de dinero de propina, pero me negué diciendo que no se molestara, que el Señor ya me lo pagaría. Sabía que con ese paso tan importante llegaría a tener por lo menos un agujerito dentro de su casa.

Cuando volví, encontré a mi tía rabiosa porque no quería que hablase con esta mujer, de forma que nada más entrar en casa inmediatamente comenzó a repetirmeque yo se lo debía todo a ella y lo mucho que la debía respetar. Cuando terminó su discurso, la expuse mi plan, porque a mí también me daba rabia que me llamasen puta, Cuando terminé, lo último que me dijo fue: *"Fóllale, lo mejor que puedes hasta que olvide el nombre de su puta madre"*. Todo parecía marchar bien. Paul y mi tía eran los únicos que ya conocían el plan y yo me llevaba ya bien con la Antusa. Lo único que me faltaba era darle más confianza hasta que empezase a dejarme entrar en su casa sin problema.

Un día mandó a su hijo llamarme. Al llegar a su casa la encontré con una Biblia enorme. Empezó a predicarme, a decirme lo bueno que era Dios en todas las facetas. Mientras la escuchaba me imaginaba a su hijo entre mis piernas, incapaz de resistir la tentación. Estuvo predicando más de una hora. Hablamos luego también de mi infancia y de mi país. Me me dijo que alguna vez en su vida la gustaría ir de misionera a Guinea Ecuatorial. Yo la escuchaba en silencio. Al terminar me mandó servir la comida, comí y regresé a casa. Fui haciendo progresos y a los dos meses me cogió más confianza y empecé a ir a la congregación con ella. Su iglesia estaba al lado de nuestro barrio. No me gustaba ir porque pasábamos horas dentro, pero cada vez más estaba cerca de ella y no podía echar a perder todo el sufrimiento que había pasado durante meses.

Un domingo, después de la iglesia, fuimos a su casa. Yo ya hablaba con Alvin, aunque con límites. En esto vino una hermana de la iglesia a decirle a Antusa que el pastor la estaba llamando. Ella se fue y nos dejó los dos en la casa comiendo. Al quedarnos solos, pregunté a Alvin cuánto tiempo pensaba que iba a estar fuera y me comentó que a veces podía pasarse más de cinco horas allí.

Estuvimos charlando sobre el culto y al terminar de comer le dije que pusiera una película. Cuando se dio la vuelta, me eché la sopa encima y él, al ver la mancha, me dijo que podía ir a bañarme si quería, para no salir manchada a la calle. Fui a la ducha y al rato le llamé para pedirle una toalla. Antes de que regresara aproveché para desnudarme. Cuando trajo la toalla hice como si la puerta se hubiera abierto y me encontró tal y como había venido al mundo. Pidió perdón, pero le dije que no lo hiciera porque al final iba a tener una mujer. Me sequé, me puse la toalla y me fui a ver la tele con él. Me senté delante de él y cada vez que me miraba yo abría las piernas lentamente, apartando un poquito la toalla de mis rodillas y haciendo sitio para que me viera con claridad. Noté que se fijaba en mí cuando vi el bulto crecer, como cuando se pone la levadura dentro de la harina. Sabía muy bien que él no iba a tomar la iniciativa porque sus principios religiosos le impedían a reaccionar, así que no había otra opción, yo debía ser el hombre en este momento.

Le pedí que me dejara ropa porque la mía estaba manchada de salsa, se levantó sujetando su pantalón por delante. Decidí que no había tiempo que perder, le seguí a su cuarto y nada más entrar cerré la puerta por si trataba de escapar. Mientras buscaba la ropa que me iba a prestar se le notaban claramente los temblores y hablaba con dificultad. Noté que estaba asustado porque hasta entonces no había vivido una experiencia así.

Dentro del cuarto, me quité la toalla y la eché sobre la cama. Luego le agarré el cinturón del pantalón, le miré fijamente, le cogí las manos y las puse sobre mis pechos. Se echó a temblar y quiso sacarme de la habitación hasta que puse mis manos dentro de sus pantalones y masajeé su pene y sus huevos. Nada más tocarlos sentí que aún era un virgen. Le fui quitando los pantalones. Se dejó llevar. Le saqué toda la ropa y le tiré en la cama. El niño no sabía absolutamente nada. Cuando se tumbó me senté sobre él, cogí su miembro y me lo puse dentro mi vagina. Me resultaba aburrido, fue el polvo más soso que había tenido nunca. Cuando empecé a menear las caderas, él empezó a gemir tan fuerte que tuve quedarle dos bofetadas para que callara. La cara le enrojeció. Tenía un cuerpo muy tierno, como un bebé, se asemejaba al de las mujeres. Me sentía mal porque aquello me hacía pensar que era una violadora. Me dio pena, pero afortunadamente en apenas treinta segundos terminó. Le sonreí, pero por dentro sabía que era un niñato virgen e inexperto: Me vestí y me fui a casa.

No sé cómo se enteró mi tía, pero nada más llegar me felicitó y me invitó a tomarme algo. Luego fui a casa de Paul para que me diese lo mío, porque Alvin me había puesto cachonda, debía calmar mis nervios y la ansiedad, pero él no se encontraba en su casa. Dormí esa noche con dificultad porque necesitaba relajarme. Me puse a ver una peli gay, en la que dos hombres se enamoraban. No me resultó raro ni asqueroso, no era la primera vez que oía hablar de los gays, porque en una de las citas que me organizaba mi tía me había topado con uno muy majo. La película me excitaba cada vez que esos dos hombres se besaban, así que empecé a hacerme una paja. Asó logré relajarme y regresé a la cama.

A la mañana, en la escuela, la pantera nos entregó las notas de los exámenes finales del primer trimestre.

Yo tenía un siete. Eso no le gustó a mis compañeros, incluso uno de ellos me echó en cara que si yo tenía un aprobado era porque la pantera me follaba a cambio de subirme las notas. No le dije nada al compañero, lo dejé pasar porque yo sabía que si tenía un aprobado se debía a mi esfuerzo y no por follar, menos aún con un hombre que había dejado que me violaran. Tras recibir las notas nos anunció que no habría clase durante cuatro días, por orden del Ministerio de Educación de Gabón. Este tiempo de vacaciones me cayó como anillo al dedo, porque necesitaba un descanso. En el camino de vuelta, una de mis amigas de clase nos contó que estaba enamorada: Nos alegramos mucho por ella. Al preguntarla de quién se trataba, nos dijo que era una chica que vivía en su barrio. Pensamos que no la habíamos captado bien y al repetir la preguntar, nos confirmó que se trataba de una chica.

Me quedé sin palabras, sin saber qué decir. Laura se enfadó demasiado con ella y la amenazó con no volver a ser su amiga porque la elección que ella había hecho era peor matar. Cuando terminó, le dije a Laura que Beatriz era una persona como todas las demás y tenía derecho a amar a quién fuera. Si se enamoraba de otra mujer, nuestra obligación era apoyarla para que fuera feliz. La felicité y la dije que si era lo que quería que luchase por ello hasta conseguirlo, que no se rindiera, pero fui sincera y también añadí que aquello era una sorpresa para mí, o mejor dicho para nosotras, porque no lo esperábamos. Que nos entendiera y dejara que lo asimilásemos poco a poco.

A mí no me parecía tan malo. Según caminaba me encontré a Paul por el camino, le besé como saludo y le pedí que viniera a dormir a casa, ya que mi tía no iba estar. Aceptó y llegó poco después. Cociné y cuando terminamos de comer, puse la televisión y metí en el reproductor la peli de la noche pasada. No sabía si se iba a sentir incómodo, pero cuando le pregunté qué opinaba de los gay, me dijo que cada uno debía hacer su vida de la manera que le convencía. Le pregunté si había tenido sexo con otro hombre y me respondió que había algunos chicos de su clase que le tiraban los tejos, pero solo le había dado un beso con lengua a uno de ellos un beso. Le pregunté si le había gustado y me dijo que no había estado mal.

Al poco se oyó a alguien tocar con la mano en la puerta. Era Alvin que quería hablar conmigo, le paré en la terraza y le dije que me esperara. Pasé a decírselo a Paul. Le expliqué que Alvin se había quedado pillado y él sin dar señales de celos, me invitó a que le dejase pasar. Alvin entró con recelo, se notaba que tenía un poco de miedo y quería volver atrás, hasta que Paul le dijo que se calmara y que tomara. Paul sabía de antemano que debía ser un muermo en la cama, porque yo ya se lo había contado. Seguimos viendo la tele, ahora los tres, hasta que Paul empezó a besarme. Me sentí incomoda al principio, hasta que me solté. Cuando empezamos a besarnos, Alvin se sintió incómodo y, con algo de celos, se levantó para irse a su casa. Al verlo, Paul se lanzó y le agarró. Pensé que le iba a dar una buena paliza, pero le atrajo hacia sí con fuerza, agarrándole la nuca, y se puso a besarle. Tan fuerte le besaba tan fuerte que yo no sabía que decir, estaba enojada y excitada a la vez y al verles así decidí unirme a ellos. Estuvimos los tres besándonos y empezamos a quitarle la ropa a Paul. En ese momento me di cuenta que Alvin era gay, porque ya no volvió a tocarme, más allá de los besos. Después de besar a Paul, se puso a hacerle una mamada y cuando yo se la hacía a él, él besaba a Paul. Eso me excitaba hasta cierto punto, porque sentía que Paul era el macho de los machos. Cuando nos fuimos a la cama, le pedí que penetrara antes a Alvin. Yo nunca había visto algo igual, tenía mucha curiosidad y necesitaba conocer de primera mano el sexo gay. Me ponía mucho verle penetrando a otro hombre, me excitaba verle cuando cogía su gran miembro y lo metía en el trasero de Alvin, él gimiendo y yo besándole para que los gemidos no se oyeran tan fuerte. Estuvo penetrándole durante un buen tiempo, hasta sacó su miembro del culo de Alvin. Se lo agarré y le atraje hacía mí, le tumbé porque noté que podía estar cansado de mantenerse tanto tiempo en la misma posición. En la cama me senté encima de él, que me sujetaba la cadera, y me pegaba a él para que todo su pene entrase dentro de mi vagina. Alvin entre tanto le besaba suavemente hasta que eyaculó y me dejó a mí. Él se limitó a acariciar a Paul, hasta que, cuando empecé a ir más deprisa, Paul soltó sus fluidos dentro de mí.

Al terminar, dijimos a Alvin que se fuera para que su madre no se preocupara. No queríamos perjudicarle. Cuando nos quedamos solos los dos, Paul me dio las gracias y me dijo que aquella había sido la mejor experiencia que había tenido en su vida. Algo en mí notaba que me escondía la verdad, pero no me pareció razón suficiente para estropear aquel momento tan placentero.

A la mañana siguiente mi tía llegó a casa y nada más hacerlo se puso a discutir con la madre de Alvin. Estuvieron insultándose hasta que lo que yo había hecho se le escapó a mi tía de la boca y se lo dijo todo. Le gritó que el tiempo que yo pasaba en su casa, no era porque quisiera convertirme en una buena hermana en Cristo, sino más bien porque su hijo necesitaba un buen polvo y que ya lo había conseguido.

A partir de ese momento no volvimos a ver a Alvin en la calle, porque su madre le dejó en la casa de su pastor sin que tuviera tiempo de despedirse de mí o de Paul. La madre de Alvin empezó a esquivarme en todos los sitios que me veía y me puso el nombre de hija de la diabla, enviada.

Otra mañana que estaba cogiendo agua, apareció Antusa. Nada más verla daba la impresión de que podía matarme. Quise ayudarla con el cubo de agua, pero me gritó diciéndome que era una puta, hija de Satanás y enviada del demonio. No pude contenerme y le respondí diciendo que si no fuese por su larga boca no habríamos acabado así. Si fuese una buena cristiana no habríamos acabado vengándonos de ella y le pregunté si no querría ella misma acostarse con su hijo. No me respondió y desde entonces no nos dirige la palabra ni para discutir. Pero debo reconocer que me habría gustado volver a ver a Alvin, al menos para pedirle perdón porque no debía haberle utilizado para vengarme de su madre.

Y no volví a contar nada a mi tía, ni siquiera me pasó por la cabeza contarle el trío que habíamos hecho, ya que a excepción de nosotros tres nadie en el barrio lo sabía.

V.

Cuando mi tía Lupe supo que estaba de vacaciones escolares, volvió a darme la agenda. No me vino mal porque necesita algunas cosas y me hacía falta el dinero. No se lo podía pedir a mi tía, porque siempre me contestaba que ya era una mujer y que empezase a búscame la vida por mi propia cuenta, que ya tenía suficiente con lo que ella había hecho y seguía haciendo por mí. Me entregó su teléfono, cogió una de sus prendas y me la dio. A las once de la noche sonó el móvil y escuche la voz de un hombre diciéndome que me apresurara porque me estaba esperando con el coche en la acera.

Fui corriendo, encontré el chofer esperándome como me lo había dicho por teléfono, subí al vehículo y nos fuimos. En el camino, el conductor me hacía preguntas. Pasamos un rato divertido entre charlas, bromas y anécdotas muy curiosas que parecerían absurdas a la mayor parte de gente. Fue uno de los chóferes más agradables que nunca había conocido, era muy molón. Tras un rato, aparcó ante un edificio y me dijo que bajara porque habíamos llegado al destino. Allí apareció un hombre con traje y me pidió que le siguiera. Mientras caminaba yo observaba el entorno. El lugar estaba lleno de gente con traje. Sentí mucho miedo porque no sabía a qué lugar me llevaban. Una vez dentro, el hombre que me había acompañado me dijo que le esperase en el salón. Me senté, aunque con un poco de miedo.

Apareció una sirvienta y me preguntó qué quería tomar. Pedí un zumo de naranja. Cuando volvió con él me dijo que me calmara, que no me iba a pasar nada malo. Me tranquilicé porque esas palabras venían en la boca de otra mujer. Luego me dijo que si me portaba bien las cosas iban a ir fenomenal.

Al cabo de unos minutos regresó el señor que me había recibido después de bajar al coche, vino hacía mí y me dijo que le acompañara. Entramos en un cuarto muy grande, me mandó sentar y me dijo que no tocase nada. En seguida noté un ruido procedente de una de las puertas que tenía la habitación y al instante apareció un hombre por esta puerta. Era un blanco, me saludó y me dijo que estaba a punto de bañarse. Hablaba francés como un cubano, me invitó a que bañase con él. No podía negarme porque para eso había ido allá, pero temí por un momento pensado en que me iba a ahogar dentro de la bañera, tan grande que parecía una habitación aparte. Se dio y me pidió que me relajara, que no me iba a hacer nada malo. Al terminar de bañarnos volvimos al cuarto y empezó a tocarme. Cogió un tarro de mermelada y me untó mi vagina, empezó a chuparme, me lamía como si yo fuese un plato de comida. Aquello me recordaba a Paul, me había hecho algo similar, pero aquel blanco lo hacía mejor que él. Tiraba de los labios de la vagina con su boca, luego empezó a pasar la lengua por mi vientre y fue subiendo hasta que llegó a las orejas. Luego fue bajando y me pasó la lengua por el cuello. A mí aquello me pareció el cielo.

Después empezó a besarme en la boca muy fuerte y me entregué tanto que hasta dejé de pensar en lo que estaba haciendo. Siguió tocándome hasta que me salió algo de líquido entre las piernas. Cuando se dio cuenta me cogió la cabeza y la fue bajando hasta que estuvo a la altura de su miembro. Le hice una mamada lo mejor que pude, y comenzó a gemir y a exclamar ¡Dios! Estuve haciéndolo mucho tiempo hasta que me levantó y me dijo que me sentara. Lo hice sobre uno de los sillones. Él me subió una de las piernas, cogió su pene y la metió dentro de mi culo. La sensación fue fenomenal, me penetraba cada vez más con prisa hasta que empecé a gritar y cada vez que gritaba me daba con más fuerza. Luego me mandó darme la vuelta en la postura de una perra. Nada más adopté esa posición sentí como su miembro entraba y salía a medias en mi vagina. Estuve un buen tiempo gritando de placer y me fue cambiando de postura que hasta empecé a echar líquido cuando me penetraba. Me sentía muy viva y estaba súper excitada, hasta el punto de que cuando quería sacar su pene yo se lo agarraba con fuerza pidiéndole más. Al fin eyaculó y nada más hacerlo le di un beso a su pene porque estaba encantada por el trabajo que había hecho.

Nos tomamos un descanso que aprovechó para llamar a la moza a fin de que nos trajera algo para tomar. Ella nos trajo bebidas y frutas y, mientras las tomábamos, empezó a hacerme preguntas, pero le expliqué que mi trabajo que hacía no me autorizaba a charlar con los clientes o a conocerlos bien. Cuanto menos hablara, mejor.

Al cabo de media hora se fue al baño y regresó con una goma muy grande con forma de pene. Me dijo que me lo pusiera. Me resultaba raro, pero como él pagaba, me lo sujeté a la cintura y él cogió una crema transparente y algo densa y se la untó en su trasero. Aquello me olía a brujería, ya que no le encontraba otra explicación. También cogió un poco de esa crema y la aplicó sobre la goma. Se colocó a cuatro patas encima de la cama y me pidió que le metiera la goma por el culo y que la moviera como si estuviera follándole. Aunque me resultó extraño, recordé que al final me iba a pagar, así que me fui hacia él, le puse mis manos en su trasero, se lo acaricié y me pidió que le pegase. Le di unos buenos azotes y metí la goma con forma de pene en su culo. La goma de pene era de color marrón oscuro y se me ocurrió la idea de que quizás le gustaban los chicos negros. Le penetré muy seguido y fuerte, tanto que empezó a gemir como una niña. Creo que le monté muy bien y volvió a eyacular.

Tras descansar unos minutos se levantó y se dirigió al baño a hacer pis y me preguntó si ya quería volver a casa. Como mi respuesta fue afirmativa, cogió una d cartera, sacó un fajo de billetes de diez y me los entregó, además de dos entradas para una fiesta a la que no quería ir porque ya se sentía cansado. Cogí el dinero y las entradas, salí y estaba a punto de entrar en el coche para regresar volvió el hombre que me había recibido y me dio la tarjeta de aquel señor blanco con el recado de que si quería repetir la sesión solo era cuestión de llamarle.

Regresé a casa contenta porque parecía que me había tocado la lotería. A mitad del camino le pregunté al chofer si estaba libre para ir a una fiesta. Antes de dirigirnos al local le pedí que me esperase frente a mi casa porque quería cambiarme de ropa, Cuando estaba cerrando la puerta de casa apareció la tía de Paul y me preguntó de dónde salía y quien era aquel hombre que me acompañaba. No le contesté porque me había quedado sin palabras. Me cambié de ropa y volví al coche donde el chófer me estaba esperando. La fiesta tenía lugar en uno de los mejores barrios de Libreville. Entramos en un pub con las invitaciones que me habían dado y nada más poner el pie dentro el chófer se topó con su novio, Francis un chico gay al que yo conocía por casualidad de una cita. Los dos eran muy majos, la fiesta molaba, se podía ver con claridad el buen ambiente que había en el lugar. Pedí primero un refresco, pero cuando Francis lo vio se acercó a mí y dijo que me sirviera algo fuerte, que no me comportara como una monja, que los dos sabíamos que yo no lo era y que si quería divertirme debía estimularme. Así que empecé a beber hasta que empecé a sentirme muy rara. Subí a la pista y empecé a mover el esqueleto. A los pocos minutos apareció Paul. Me parecí primero que esa imagen era producto de mi borrachera, pero no, se trataba de él.Le pregunté quién le había invitado y me señalóa una mujer muy mayor, que no podía ser su tía. Decidí no molestarle y me reuní con Francis y su novio. Como se estaban besando, aproveché para ir al baño. No sabía que Paul me estaba siguiendo y cuando me quedé sola empezó a besarme. Nos metimos en uno de los pequeños baños, él se sentó en el inodoro, se bajó la cremallera y me mostró su pene erecto. A pesar del subidón que yo tenía, pude desplazar mi tanga para que entrara el pene. Disfrutamos así un buen rato. Salí del baño con una sonrisa muy rara en el rostro. Francis se dio cuenta de que algo había pasado, pero no quiso preguntarme.

Cuando me quise dar cuenta ya eran las cuatro de la madrugada. Francis me dijo que fuese a dormir a su casa, que era peligroso que volviese sola con lo borracha que estaba. Acepté ir con ellos y nada más entrar se pusieron a lo suyo tras mostrarme el cuarto donde debía dormir. La casa era muy hermosa y espaciosa, me duché y me fui a la cama a dormir, aunque un poco incómoda al principio, porque los dos estaban profiriendo gemidos tan alto dentro de su cuarto que no me dejaban cerrar los ojos, pero a los quince minutos logré conciliar el sueño hasta la una de mediodía.

Tras desayunar, cogí mis tacones y me acercaron a casa. Al entrar, encontré a mi tía esperándome. Empezó a quejarse sin parar y cuando me pareció excesivo entré en el cuarto y cogí el fajo de dinero, lo repartí a partes iguales, saqué una parte y me fui al comedor donde ella seguía hablando y se lo entregué. Al instante tanto su cara como su tono cambiaron. Si al principiOo yo era una idiota, ahora pasó a llamarse buena niña e inteligente. Se puso muy contenta porque cuando terminó de contar los billetes vio que tenía en las manos unos quinientos mil. Me quedé mirándola fijamente y entendí que por dinero ella estaba dispuesta a que yo hiciera cualquier cosa.

Por la tarde apareció mi tía del pueblo, la que me había llevado a Gabón. Venía a entregarnos varios recados, ya que venía de nuestro hermoso país. Al verla recordé todo lo que había pasado por su culpa. Mi tía me envió a que comprara unas Régab y en el camino me encontré con Paul, muy furioso, pidiéndome explicaciones de dónde había pasado la noche. No le dije nada en este momento, le pedí que me esperara porque me habían enviado a comprar cosas en la abacería nigeriana y él, con voz enfadada, me dijo que me diera prisa y regresara lo antes posible.

Me sorprendí, porque era la primera vez que le veía enfadado. Compré las Régab y los llevé a casa. Allí, mi tía del pueblo me entregó una carta enviada por mi madre que ponía lo siguiente: "No te olvides de mí Anita, aprovecha de tu guapura y haz todo lo posible para que me envíes un poco de dinero". No voy a citar todo lo que decía. Esta parte es la que me pareció importante. Pregunté a la tía cuando iba a volver. Contestó que después de dos días, pero que no me preocupara porque ella iba a pasar otra vez por casa antes para despedirse.

Volví corriendo a encontrarme con Paul. Su cara seguía igual de seria y le pedí que me explicara el problema que tenía conmigo. Me preguntó de nuevo dónde había pasado la noche y le expliqué que lo había hecho en la casa de Francis, un amigo gay. No me quiso creer e insistió en que yo tenía otro amante. Cuando paró yo le pregunté a él lo mismo pero no quiso responder. Tras un breve silencio me dijo que él era el hombre, que tenía derecho en salir cuantas veces quisiera y que quien no debía salir era yo, porque era mujer.

No entendí aquello, me puse muy furiosa y emprendí el camino de regreso a casa. Me siguió y como yo no le respondía ni le hablaba, me adelantó, me agarró por los brazos y empezó a pedirme perdón. Le dije que no volviera a decirme que no podía hacer nada solo por el hecho de ser mujer. En ese momento, le expliqué todo lo que hacía, incluso en qué consistían las citas. Estaba tan terca que ya no me importaba nada y añadí que era necesario que nos dijéramos todas las verdades para decidir si seguíamos con la relación.

Después de contarle lo de las citas, pensé que me iba a dejar, que iba a romper conmigo, hasta que él también empezó a contarme todo lo que hacía. Me dijo que se había acostado con señoras mayores y con otros hombres. Que al principio se había enamorado de un chico, que había muerto en un accidente. Luego tuvo una novia la cual amaba pero no tanto como al chico. Creo que dijo todas las verdades que guardaba, al igual que yo. Así comenzamos a besarnos porque, a pesar de todo, nos seguimos amando, pero nos dimos un tiempo para asimilar las verdades del otro. Al terminar la conversación me fui a casa, donde encontré a mi tía viendo tranquilamente la tele, feliz por los dineros que la había dado, me senté a su lado, puse mi cabeza en su hombro y me quedé profundamente dormida.

VI.

Pasé una semana asimilando las verdades de Paul y quiero pensar que él también hizo lo mismo. Entretanto, una mañana apareció por casa mi tía del pueblo. Venía a despedirse. Mi tía le entregó unos cien mil para que se lo diera a sus hermanas y que lo repartieran entre ellas, con un saco de arroz, una caja de jabones y veinte litros de aceite de oliva. Cuando estaba a punto de marcharse, me pidió que la acompañara y que la ayudara a cargar las cosas. Al llegar a la carretera cogí le entregué un sobre pidiéndole que lo diera a mi madre. Dentro había unos trescientos mil, unos cien mil para matricular en la escuela a los pequeños; otros cien para que lo repartiese entre las hermanas y los últimos cien para ella. Iba con una carta que contenía estas indicaciones por si mi tía quitaba algo. A ella la di unos veinte mil para los gastos.

Cuando volví a casa, no sé qué mosca le había picado a mi tía, pues empezó a decirme que la devolviera todo lo que había hecho por mí y que, si no lo hacía y no me portaba bien, me iba a enviar otra vez al pueblo. Luego dejó de hablarme durante una semana sin que yo supiera qué le pasaba, hasta que una tarde me espetó que me odiaba, porque por mi culpa los clientes ya no la querían y cada vez que acudía a una cita le preguntaban por la niña buena.

Fui incapaz de responder, porque no sabía que mi propia tía podía sacar de su boca esa idea de que me odiaba por culpa de unos pocos hombres. A partir de ese momento empecé a prepararme para volver a Guinea Ecuatorial, porque sabía que la convivencia ya nunca iba a ser igual.

Me fui en la casa de Paul, se lo conté y me dijo que debía tener dinero guardado en caso de que me echara. Las cosas fueron empeorando en casa hasta tal punto que dejó de darme la comida y cada vez que me hablaba se ponía a tirar mis cosas fuera. Yo estaba muy preocupada, ya que estaba muy lejos de mi casa. Me pasaba la mayor parte de tiempo en la casa de Paul, porque por lo menos ahí tenía un poco de libertad. Solo iba a casa de mi tía para trabajar o a veces a comer, y eso cuando ella me lo permitía. Incluso había ido a la escuela a hablar con la pantera para decirle que no me dejara volver a tomar las clases. Lo estaba pasando fatal, dejé de ir a clase, en casa entraba con dificultades y con preocupación, toda mi vida empezaba a estar patas arriba. Empecé a buscar trabajo y encontré uno de niñera, en una gran casa de Garoutier, otro barrio. Me pagaban cada mes cien mil. Me costó acostumbrarme porque una noche, en una sola cita, podía ganar el doble o el triple de ese sueldo mensual. Era muy duro, pero no tenía otra alternativa porque tenía que buscar el dinero para regresar a Guinea Ecuatorial, de forma que empecé a trabajar en aquel lugar. Entraba de las ocho de la mañana y estaba hasta las doce de día. Tenía derecho a comer e incluso podía bañarme si quería.

Una mañana camino del trabajo me crucé con Paul. Él, al verme, se echó a llorar porque yo había adelgazado mucho. Le abracé pidiéndole que se calmara, que las cosas se arreglarían y me dijo que teníamos que buscar una solución. Al dejar a Paul, me topé con mis amigas del centro, Laura y Beatriz. Esta última me contó que ya tenía una nueva novia y Laura me dijo que para ellas las cosas seguían igual que antes, salvo que salía con un chico un poco drogata. Cuando quisieron saber de mí, hice lo posible para desviar la conversación y las dejé con la excusa de que se me hacía tarde y debía ir al trabajo. Con el bebé, que se llamaba Óscar y se pasaba el tiempo durmiendo, todos los días eran iguales. Era lo que más me gustaba de él, después de bañarle y darle el biberón, se quedaba horas durmiendo.

La única persona que había en casa con nosotros era la madre, Clementina, una señora muy buena, con una voz tan suave que no era posible saber si se enfadaba. El padre del pequeño Oscar no estaba nunca. Según Clementina, era un hombre de negocios que no tenía tiempo de estar en casa podía llegar a pasar dos meses fuera.

Al cumplir el primer mes, Clementina vino a pagarme. Me dio unos cien mil por mi trabajo y diez mil aparte por ser una buena niña. Todo marchaba bien hasta que llegó el marido, que estuvo en la casa una semana. Nada más llegar a la casa, el padre de Oscar depositó las maletas en el comedor y tuve que cargarlas aunque esa no era mi labor. Dos días después, cada vez que Clementina se iba a trabajar, su marido empezó a acosarme. Me hacía la vida imposible tocándome los pechos y el culo en cuanto nos quedábamos los dos en casa. Un día que el niño estaba durmiendo y la madre fuera, el padre de Oscar se lanzó hacía mí, me agarró con fuerza, me lanzó sobre en la cama, me rajó la ropa con las manos, me desnudó…Yo me resistí y peleé, hasta que me dio un fuerte golpe y me quedé aturdida. Me quitó las bragas y empezó a penetrarme. Aunque le decía que no, él seguía encima de mí, dándome cada vez más fuerte. Se me saltaban las lágrimas y cuando terminó y pude librarme me fui a casa sin haber acabado las horas.

Estaba decepcionada y arrepentida de haberme ido a Gabón, en ese momento no quería ni existir y lo único que deseaba era volver a mi humilde pueblo. Al rato vino Paul a visitarme y me preguntó por qué estaba triste, si era porque mi tía me había hablado otra vez. Le expliqué lo que había pasado y me dijo que fuéramos a la policía para denunciarlo, pero recordé que no tenía papeles, era una extranjera y si iba a la comisaría me iban a meter al calabozo. La única solución era no regresar más al trabajo, y así es como dejé aquel trabajo sin despedirme de la señora Clementina, una buena persona a la que nunca olvidaré, que no sabía que vivía con un violador en su casa.

Arreglando mis ropas me encontré con la tarjeta que había recibido de aquel blanco. Fue una alegría. Me fui corriendo a casa de Paul y le expliqué lo que estaba a punto de hacer. Para él no era problema si eso me iba a ayudar a conseguir dinero. Le pedí que me prestara su móvil, me puso saldo de quinientos y marqué el número, pero salió el contestador. Así varias veces durante tres horas hasta que de repente sonó el móvil. Era el blanco. Le recordé las cosas que habíamos hecho a fin de que me reconociera y me citó esa misma noche, me dijo que le diese un toque después de media hora.

Cuando estaba lista le volví a llamar y le di mi dirección para que me recogiera su chófer, al que yo conocía, pues era el novio de Francis. Me preguntó porqué tenía tan mal aspecto y le conté todo lo que me ocurría para desahogarme. Cuando llegamos al llegar al edificio seguí el protocolo habitual. Al entrar en el salón me encontré al blanco sentado tomando algo. Me saludó y se quedó mirándome fijamente mientras comía lo que él había pedido para mí y que yo devoré por el hambre que tenía. Al verme en ese estado, me preguntó si estaba enferma, por qué estaba tan aturdida, que lo mejor sería que le contase que me sucedía, que me comunicara con él.

Más tranquila, aproveché la oportunidad de explicarle mis problemas y la solución que yo veía. Después pasamos a hablar de sus propios problemas y se me ocurrió decirle si alguna vez había tenido relaciones con otros hombres, a lo que respondió que sí. Entonces le dije si quería que le buscase a un buen chico de verdad, responsable y guapo. Primero se resistió, pero al final aceptó. Cuando me pareció que ya se estaba haciendo tarde, le agradecí su hospitalidad. Él me pidió que esperara, entró en su cuarto y volvió con unos trescientos mil que depositó en mis manos, diciendo que si volver a Guinea Ecuatorial era la solución de mis problemas, que me fuese cuanto antes porque Gabón me empezaba a sentar mal. Añadió que no quería nada de mí y que no le debía nada, que me lo daba por ser una buena niña. En ese momento me puse a llorar porque nadie me había regalado nada sin decirme que le debía un favor. De vuelta a casa, chófer, el novio de Francis, me entregó otros cincuenta mil. Con eso tenía ya en total unos trescientos cincuenta mil que, al llegar a casa, junté con el dinero de mi paga como niñera.

Arreglé mis prendas y todo lo que tenía al día siguiente. No compré casi nada porque no quería cargar con muchas cosas, apenas unos anillos y una cadena en un mercadillo. Al atardecer invité a Paul auna pastelería donde estuvimos hablando. Le pregunté si me amaba y me dijo que yo sabía muy bien que sí. Le cogí las manos y se lo volví a preguntar varias veces y respondía lo mismo. Cogí los anillos y le pedí que me declarara su amor. Tomó uno de los anillos y lo hizo. Yo cogí el otro y le declaré también mi amor. Luego le entregué la cadena como mis recuerdos. Mientras comíamos me tomó varias fotos con su móvil y sacó un regalo que había ocultado debajo de la mesa en que estábamos. Cuando lo abrí, dentro del paquete había un teléfono móvil. Era para que le llamara cada vez que tuviera oportunidad. Me eché a llorar, le besé y todavía él puso sobre la mesa unos ciento cincuenta mil. Cuando quise saber de dónde había sacado tanto dinero y me dijo que se había vendido porque me amaba y no aguantaba que yo me pasase los días sufriendo, que eso le mataba por dentro. Lloré, nos besamos más y regresamos a casa.

Seguimos besándonos en casa y me pidió que me acostara. Cogió chocolate blanco y me lo puso entre mis piernas. Podía sentir el frío de sus mientras palpaban mi vagina. Empezó a chupármela hasta que se sació, subió hasta los pechos y empezó a chuparme de igual modo los pezones. Estábamos completamente desnudos y yo también quería disfrutar. Tomé su pene y empecé a chupárselo una y al igual que él subí hacía sus pezones los empecé a lamerlos dándole unos pequeños mordiscos que le excitaron mucho. Me tumbé boca arriba en la cama, agarré su enorme y precioso miembro, lo atraje hacia mí, levanté mi pierna derecha y la puse encima de su hombro, luego besé su pene y empecé a metérmelo dentro de la vagina. Mientras tanto le susurraba en la oreja que él era el hombre. Cada vez que lo oía, me penetraba más fuerte. Retiré la pierna de su hombro y le sujeté con las dos piernas por la cintura. Quería comérmelo entero, que me follase lo mejor que pudiera porque sabía que después de aquello no volvería a verle.

Cada vez que movía la cadera le atraía a mí con un empujoncito de mis piernas para que su pene entrase más adentro. Cambiamos deposición, me puse estilo perro, enseñándole mi trasero Se acercó por detrás e introdujo su enorme en mi culo. Follamos muy bien. Me pidió que me sentara encima de él, le giré hasta que estuvo boca arriba, me puse en pie encima de él, con las piernas separadas y fui bajando hasta ponerme de rodillas, agarré su pene y lo empecé a introducir en mi vagina. Cada vez que bajaba, notaba como su glande rozaba mi vagina. Mientras, yo movía lentamente la cadera le empecé a besar y puse sus manos sobre mis nalgas, que apretaba cada vez que me embestía. Entonces, empezó a gemir hasta que eyaculó: Esa noche dormimos abrazados. Al día siguiente me fui a casa, hice la maleta y a las cinco de la tarde me despedí de mi tía. Ella creía al principio que yo estaba bromeando hasta que me vio entrar en el cuarto a por mi maleta. Trató de frenarme, pero no cambié de opinión y al final lo aceptó y me dio treinta mil para el viaje.

Le expliqué que me marchaba porque ella no se cansaba repetirme que la debía favores y a veces, incluso me tiraba las cosas fuera de casa. Le confesé que me habría gustado estar presente el día en que mi madre abandonó su hogar para ir a acostarse con mi padre para advertirle que aquello no iba a ser bueno para mí, que habría preferido no haber venido al mundo, y que ella me agobiaba cada vez que me reclamaba cosas. Una situación que se había convertido en el pan nuestro de cada día. Le reproché que ella no entendía que lo que hacía era de forma voluntaria y no por obligación, que lo hacía para ayudar a su hermana y no a mí. Es verdad que quien se beneficiaba de los alimentos que conseguía era yo, pero en su momento ella había hecho un juramento a su hermana, prometiéndola que iban a criarme juntas. Yo la debía era mi amor y mi respeto. La amo mucho, pero no la aguanto por su forma de ser. No se controla cuando se pone a decir todo lo que le viene en gana para hacerme sentir que estoy en deuda con ella.

Tras estas palabras me fui a la estación con Paul. Al divisar vi el coche que iba a Nsang Ayong le besé y le pedí que no me olvidara. Cogí la tarjeta de aquel blanco y se la entregué. Le dije que aunque fuera gay o bisexual yo siempre le iba a querer y le recomendé que llamara al blanco. Paul me dijo que no era gay, sino bisexual y que me amaba aunque yo fuera una puta, porque yo era su putita guapa. Nos echamos a llorar de nuevo, nos besamos un rato largo, me entregó la camisa que llevaba, subí al coche y me fui.

VII.

De regreso a Guinea Ecuatorial no encontré dificultades. Logré cruzar todas las barreras de Gabón sin inconvenientes. Los militares de las barreras se comportaban como civiles, el trato que dispensaban era estupendo, incluso te preguntaban amablemente por tu nombre y ayudaban a la gente anciana. Por dentro me sentía muy contenta de volver a mi tierra natal.Echaba de menos la yuca, cacahuetes y las otras cosas que se cultivaban en mi poblado, y sobre todo la sopa de palma que preparaba mi madre. También echaba de menos a mis compañeros de la infancia, con los que me sentía tan a gusto. Recordé los momentos que íbamos a bañarnos al río, los hermosos días que nos acercábamos a la finca a por malanga, ñame y aguacates. Deseaba estar ahí con mi madre y con mis primos. En la frontera de Gabón y Guinea, eché una larga mirada atrás y pensé en los momentos buenos que había pasado allá, en Paul que nunca olvidaré y en todas las personas que conocí. Luego, los viajeros tomamos el motor para Corisco.

Al llegar a esta isla la cosa cambió. En el campamento me pidieron la documentación. Explique que era ecuatoguineana pero no me quisieron creer. Empezaron a preguntarme por los nombres de mis familiares y al rato dos guardias me dijeron que debía esperar al jefe porque tenía cara de gabonesa. El jefe no saludaba a nadie, caminaba como si fuera el creador de todo lo que existía en aquel lugar. Tenía la cara muy seria, intimidaba a quien quisiera decirle algo y no escuchaba la opinión de nadie. Se pasaba el tiempo gritando e intimidando a la gente solo por el hecho de ser militar. Cuando se dirigió a mí, me dijo que pasara a su oficina. Traté de resistirme, pero uno de sus soldados y me dijo que debía hacerlo porque el jefe me llamaba. Le encontré sentado con las piernas cruzadas y con un cigarro en la mano. Era evidente que se sentía muy poderoso en aquel lugar, como si fuese el dueño de la vida a los demás. Me mandó sentar con un tono militar y me preguntó si era una opositora. Cuando alegué que no, me preguntó si estaba a favor de la paz. Conteste que sí y cuando pude explicarme le aseguré que era ecuatoguineana, que necesitaba ir a ver a mi madre y que era más bien una pobre joven con deseos de ver a su familia. Se levantó, se acercó y me dijo que si el coche estaba parado en la estación de policía era por mi culpa, porque no quería colaborar con el bien.

Muy confusa, le pedí queme explicase cómo podía colaborar. Me ordenó acercarme a él y nada más hacerlo me agarró las nalgas. Reaccioné y traté de salir de su oficina. Me dijo que pensara muy bien lo que estaba haciendo, porque podía enviar un certificado a la capital en el que pusiera que había descubierto a una terrorista que quería derrocar el gobierno y que colaboraba con la oposición del país, alterando la paz, que era una delincuente para la Nación y, lo que es peor, que era una indocumentada. Al escuchar todas esas acusaciones no tuve más remedio que dejarme follar. Me colocó encima de su mesa, se bajó la cremallera y me deslizó el tanga hacia un lado. Fue un sexo horrible, me sentía muy mal por dentro y él me iba diciendo en la oreja: *"Buena niña, es bueno obedecer"*. Si mis ojos tuviesen armas juró por el bien de la nación que este tipo no habría salido de aquella oficina vivo. Salí con lágrimas resbalándome por las mejillas. Al final mandó que se nos dejara pasar. Nunca le volví a ver. Me sentí muy decepcionada con la armada de aquel lugar. No entendía nada. Me hubiera esperado algo así de los gaboneses, pero no de mis propios paisanos, que en vez de protegernos a los civiles, violaban nuestros derechos y se aprovechaban sexualmente, forzándonos a hacer cosas que no queríamos. A partir de ese momento, la armada empezó a representar para mí el gran desorden del país. Eran los que te quitaban la paz, no sé qué más decir, pero sí que me sentí muy decepcionada por estos militares.

Después, en cada barrera que cruzábamos dentro del territorio nacional, preguntaban el nombre a la gente, y lo malo era que todos lo hacían en fang. Dentro del coche había un Annobonés y cuando preguntaron por su nombre, al decir que se llamaba Lorenzo NAMIM GUTIERREZ le preguntaron si podía hablar el fang. Como dijo que no era fang le mandaron bajar del coche, acusándole de ser un posible terrorista. Solo le soltaron cuando quitó su DIP y se lo mostró a los vigilantes de la barrera. Finalmente le dejaron seguir aconsejándole que aprendiera fang. Ante todos estos sucesos no dije nada ni debía hacerlo, porque no quería que otro militar sucio me follara.

Al llegar a Kogo, tuve un recuerdo para mis amigas Laura y Beatriz y me subí al coche para Evinayong. En mi pueblo natal nadie me reconoció. Cuando llegué a casa encontré que los mayores se habían ido a la finca; los niños estaban sucios en el suelo de la cocina y los perros estaban lamiéndoles las heridas podridas. Suspiré, había llegado a casa. Cogí el dinero que tenía y compré dos sacos de arroz, una caja de jabón y me llevé los niños al centro de salud, porque tenían muchas heridas. Los más pequeños tenían un poco de miedo porque no me reconocían. Luego limpié la casa.

A la tarde parecieron mis tías junto a mi madre. Saludé a todas y nos echamos a llorar en cuanto nos vimos. Se pusieron muy contentas nada más verme. Yo me alegré mucho por volver a ver a mi familia, que tanto amaba, pero no conté nunca los verdaderos sucesos que me habían empujado a regresar al pueblo, porque no quería que la familia se desmembrara. Me lo guardé y preferí esperar a que la verdad llegase desde otras bocas. Después me relajé porque había vuelto a mi hogar.

Los primeros días después de mi llegada fueron buenos. En el pueblo me pasaba las tardes en el río. Muchos de los jóvenes no me reconocían y yo por fin me sentía segura por estar en la tierra que me vio crecer. Ya no estaba obligada a ser en todo momento la niña buena que se esperaba de mí. En realidad me sentía muy agobiada nada más escuchar esa frase, le cogí manía a escuchar eso de *"buena niña"*.

Pero a la semana las cosas cambiaron. Un día al volver de lavarme en el río encontré en casa a dos hombres. Uno era muy alto, de piel muy oscura, y el otro era gordo con una panza enorme. Les encontré charlando con mis tíos, pasé de largo y entré a cambiarme. Luego mi tío me llamó para que saludara a aquellos hombres. Lo hice y me retiré a la cocina, un sitio que no me gustaba, pero mi tío no soportaba que las mujeres estuvieran sentadas en el comedor ni a los hombres en la cocina.

Me extrañaba la presencia de mi tío en la casa, porque cuando me fui a Gabón le había dejado trabajando en una empresa maderera. Dejé pasar ese pensamiento y me dediqué a buscar comida dentro de las ollas de la cocina. Mientras lo hacía, una de mis tías me dijo que no debía perder el tiempo buscando comida en las ollas, sino más bien debía buscar maneras de cocinar, que es lo que hacía o hacen las buenas niñas y las verdaderas mujeres fang. Cuando me quedé observándola me dijo que no la mirara, porque esa actitud era de chicos y no de chicas. Luego me mandó coger el arroz y el caldo de la habitación donde se guardaban los productos de mucho valor. Al regresar a la cocina aparecieron los hombres que había visto en el comedor a despedirse. Uno de ellos me entregó unos dos mil para que me comprase lo que quiera. Aquello también me resulto extraño porque a mi tía no la dieron nada. Al salir el hombre, la tía me dijo que lo mejor para mí era que me buscase un marido que tuviese dinero, porque caso contrario no serviría para nada, nadie se quería casar con una vaga que no sabe o no quiere cocinar.

Puso el arroz en el fuego y a las seis de la tarde todos aparecieron por la casa, ya que era la hora de comer y dormir. Al cabo de unos minutos apareció AseheEdu, un primo del pueblo, buscándome. Al verle mi tío se enfadó mucho y me prohibió salir después de las seis, al menos cuando él estuviera en la casa. No pude irme con mi primo porque las decisiones de mis tíos eran firmes. Si por lo menos lo hubiese dicho mi madre o una de mis tías, podía saltarme la norma y hacer oídos sordos, pero como era mi tío no podía hacer nada. Despedí a Asehe Edu y le dije que me buscara a la mañana siguiente. Al terminar de cenar, me fui a la cama, cogí la ropa de Paul y me la puse. La usaba como pijama para dormir, me hacía sentirme segura y me traía buenos recuerdos de lo bien que lo pasábamos y de los buenos momentos que habíamos tenido al comienzo de la relación. Pasé toda la noche recordándole.

Ala mañana siguiente, después de despertar, me tropecé con mi tío. Lo primero que me dijo fue que no quería que me relacionase con las personas del pueblo, porque eran gente tóxica y bruja. Y además debía empezar a ir a la finca a hacer tareas de mujeres. Así que esa mañana tuve que irme con mis madres. La experiencia del bosque no me gustó, lo pasé muy mal con cortes y aguantando bichos que trepaban por mi ropa. Encima tenía que cargar unos enormes trozos de leña mientras mis hermanos y primos no hacían nada parecido, salvo ir a buscar frutas secas, atangas o papayas. Yo prefería ir con ellos, pero mi tío me lo prohibía.

De camino a casa había un río y en él encontramos a Asehe Edu y a un amigo suyo que parecía nuevo en el pueblo. Me acerqué a ellos y comencé a conversar con Asehe Edu. Mis madres y mis primas no me esperaron y se dirigieron al pueblo, pero yo me quedé con la excusa de que me iba a bañar, aunque en realidad lo hacía porque el amigo de Asehe Edu era muy guapo y según me había comentado Edu él era nuevo en el poblado y venía de Malabo. El joven tenía una sonrisa muy atractiva y una voz muy tierna que me levantaba el ánimo. Cuando yo hablaba con

Edu, él se quedaba mirándome pero cuando me daba la vuelta, bajaba los ojos. Me di cuenta de que era muy inexperto y decidí llamarle y preguntarle por su nombre. Se llamaba Jonatán, era algo creído y un poco egocéntrico. Para decirme su nombre se acercó a mí y me lo susurró en la oreja, añadiendo que no me resistiera a él, que me limitara a confesarle que le amaba porque él notaba estas cosas. Le miré con despreció, aunque lo cierto era que mi corazón opinaba lo mismo que él.

Me aparté de ellos y me cambié para bañarme. Cuando me eché al agua él quiso acercarse, pero le pedí que no lo hiciera, pues tenía miedo que mi tío apareciera, ya que actuaba muchas veces como un fantasma. Al terminar de bañarme cogí la cesta y me dirigí al pueblo. Él vino detrás y cuando estuvo a mi altura le pregunté si quería algo. Me miró fijamente, como si me deseara o me desafiara, me agarró la mano y me entregó una prenda que me había dejado olvidada. Al dármela me comentó que para él yo era un experimento y que no valía la pena que me resistiera. Tan solo verle yo me quedaba un poco atontada. Era tan hermoso que no sabía si sería capaz de darle un no por respuesta en caso de que me pidiera algo. Cuando se fue me dijo que me quería ver esa noche. Le expliqué que tenía prohibido salir a partir de las seis, pero él insistió y me dijo que a veces venía bien romper algunas normas. En todo caso, añadió, si yo no podía salir él podía encontrarme. Explicó que para que yo supiera que había llegado tiraría dos piedras al tejado como señal. Menudo bandido de primera.

Me fui a casa con la sonrisa en la cara. De repente había olvidadomis problemas y mis preocupaciones. Tras cambiarme, me fui a la cocina a esperar la señal. Mi tío no estaba en casa porque había recibido una invitación de su amigo en el bar para tomar malamba, lo que facilitaba las cosas. Pronto escuché dos golpes en el techo como si fuesen piedras. Era Jonatán, estaba esperándome al lado de casa. Me agarró la mano y me llevó corriendo hasta el campo de futbol, que estaba un poco alejado del pueblo. Allí, lo primero que hizo fue preguntarme si le quería. Empecé a balbucir una respuesta, pero cuando quise darme cuenta me estaba besando. En cuanto me vio interesada me separó la cabeza y me preguntó que por qué le besaba. Me iba a enfadar, pero se echó a reír a carcajadas diciéndome que era una broma, que yo le podía besar las veces que quisiera.

Besaba muy bien. No puede contener las ganas que tenía y empecé a bajarle los pantalones. Tenía un pene grande, no sé por qué todos los jóvenes con los que me enrollaba tenían grandes penes. A pesar de todo me gustaba, le bajé la cremallera y empecé a mamarle mientras él decía sí, sí y sí. Luego me monté encima de él e introduje su enorme miembro en mi vagina y así nos besamos y gemimos hasta que eyaculó. Al terminar el acto sexual, empezó a imitar mis gemidos. Era un auténtico imbécil, pero con una cara preciosa y un pene maravilloso. Al ver que se metía conmigo, empecé yo a imitarle y a repetir los síes que decía mientras se la mamaba. Me miró y me dijo que yo molaba, que necesitaba una chica como yo como pareja porque le hacía sentir él mismo. La verdad es que me impresionaba, era todo un personaje. Después de aquello empezamos a vernos con frecuencia y teníamos sexo en todas las esquinas de las casas viejas del pueblo.

Cuando ya llevaba dos meses en casa encontré un día al salir a los dos hombres que habían venido con mi tío.Uno de ellos me entregó un dos mil. Lo más asombroso, y chistoso a la vez, es que llevaban puesta la misma vestimenta. No les hice mucho caso, les saludé rápido y me dirigí a la cocina, todo estaba todo el mundo. Al cabo de unos minutos mi tío me llamó y me dijo que preparase las maletas. Cuando le pregunté por qué me respondió que me limitara a preparar mis cosas. Mi madre me dijo que hiciera lo que me decían y ella misma me ayudó a preparar las maletas. Mientras tanto me repetía que fuera una buena mujer, una buena esposa, y que le diera muchos nietos. Me parecía que yo no estaba ahí, como si lo que estaba viviendo fuese una mentira. Cuando terminé de prepararme y llegué al comedor mi tío me dijo que me iba de casamiento y me mostró a mi esposo. Me quise morir, no solo porque el hombre que supuestamente era mi marido tenía muchos más años que yo, sino también porque me parecía que debería darle vergüenza querer casarse conmigo.

Me eché a llorar. Mi madre me mandó callar porque decía mi tío sabía qué hacía. Toda la familia estaba en el comedor asistiendo a la escena con expectación. Cuando mi tío se fijaba en mí me decía que era una rata, que estaba al tanto de todo lo que había hecho en Gabón. Me echó de su casa y dijo que no me quería volver a ver. Me declaró rebelde por no querer cumplir con lo que dictaba la cultura y que a partir de ese momento iba a ser una rata callejera.

Me negué al matrimonio, me marché y me adentré en el bosque para que no me encontrasen. Así pasé todo el día. Empecé a echar de menos a Paul, le extrañaba de tal manera que empecé a llorar sintiendo mucha rabia con mi familia. Les quería, pero la forma en la que actuaban me molestaba. A las nueve de la noche regresé y aproveché para entrar a la casa y coger mi maleta. Hurgando dentro para coger mi dinero, vi de repente el teléfono que me había dado Paul y me di cuenta de que le debía llamar. A la mañana siguiente me despedí de mi madre en el poblado y decidí irme dejando a Jonatán. En realidad, no le amaba, solo había significado algo de sexo pasajero, unos polvos tristes. Hablando con mi madre apareció mi tío y adónde iba. Ella le respondió que me iba a Bata para llamar al hombre de mi vida. Mi tío, con una sonrisa burlona, preguntó si las ratas tenían corazón para amar. Aquello me dolió mucho.

Mi vida en Bata no fue fácil al principio. Busqué una casa con una habitación y comedor por quince mil en el barrio de Santa Cruz y unos días después encontré empleo en la empresa de basura de SONAVI. Pagaba una mierda, pero era lo que tenía de momento. Cuando cobré mi primer sueldo contraté una línea telefónica, busqué el número de Paul y le llamé. Al escuchar su voz, me eché a llorar.

Gonzalo ABAHA NGUEMA MIKUE, nacido en Taguete-Bekueñ el 22 de diciembre de 1996, en el distrito de Evinayog, Guinea Ecuatorial.

Está licenciado en Humanidades, perfil de Cooperación Internacional y Desarrollo Sostenible en la Universidad Nacional de Guinea Ecuatorial (UNGE). Tiene un Técnico Superior en Asistencia a la Dirección Administrativa con varias formaciones complementarias, Monitor de Animación Sociocultural.

Es actualmente coordinador regional del colectivo Somos Parte Del Mundo (SPDM) en la parte continental del país, y ex presidente de la Plataforma Cultural BAYARD RUSTIN.

www.ediciones-en-auge.eu

Zeitfracht Medien GmbH
Ferdinand-Jühlke-Straße 7
99095 Erfurt, Deutschland
produktsicherheit@kolibri360.de